眠れない悪魔と鳥籠の歌姫

JN283578

瑞山いつき

ITUKI MIZUYAMA

一迅社文庫アイリス

CONTENTS

ニーナ
精霊使いの少女。
《白鴉》の金糸雀と呼ばれる、
癒しの歌声の持ち主。
精霊魔法を操り、一個小隊を
足止めする程の実力を持つ。
眠れない悪魔と鳥籠の歌姫
Diva Sings a Lullaby to Sleepless Devil
人物&語句紹介
アルド
悪魔に取り憑かれた
絶世の美青年。
プライドが高く、皮肉屋で
ナルシスト。中央政府に
仕える事務官だった。

クロエ

中央治安軍の軍人で、アルドの幼なじみ。男装を好む人なつっこい女性。

サミア

ラムス地方を治める組合《ワジフ》の長。自称「アルドの親友」で、明るく派手な色男。

グラーブ

ラムス地方総督。アルドを悪魔憑きにした張本人。生まれつき身体が弱い。

ルカ

グラーブの副官。グラーブの権力を盾に、暴利をむさぼっているといわれる人物。

用語説明

精霊使い　精霊石を媒介に、精霊の力を引き出すことが出来る人のこと。極端に数が少なく、精霊信仰の神殿で保護されていることが多い。

《白鴉《びゃくあ》》　ニーナの父が頭領を務める盗賊団。「富めるところから盗む」、「人は殺さない」を信条にした義賊。

組合《ワジフ》　犯罪組織同士が結んでいる、裏社会の秩序を守る体制。ラムス地方の組合のトップは、サミアと呼ばれる。

イラストレーション◆カズキヨネ

眠れない悪魔と鳥籠の歌姫

Diva sings a Lullaby to Sleepless Devil.

優しい闇《やみ》の帳《とばり》が世界から薄れ
鋭い日の光が世界に満ちる

眠りなさい愛《いと》し子よ

森の狼《おおかみ》は牙《きば》を隠し身体《からだ》を休め
森の梟《ふくろう》も爪《つめ》を隠し翼をたたむ

眠りなさい愛し子よ

あなたが安らかに眠るまで
こうしてわたしは歌い続けるから

序　優しい闇《やみ》の帳《とばり》が世界から薄れ

寝ている時に、ちょっとした物音や気配に反応するのは、幼い頃《ころ》からのニーナのクセだ。

時刻はようやく夜が明けようとする頃。南をむいた窓は、かすかに明るくなりはじめているようだったが、起床にはまだ早い。

（……………鼠《ねずみ》……鳥、かな？）

屋根のほうから聞こえたかすかな音に耳を澄ませ、明らかに人間が立てたものではない物音に、ほっと息をつく。起きて損をしたと思って身動《みじろ》ぐと、左腕につけられた無骨な手錠と、そこにつなげられた頑丈な鎖が、じゃらりと金属音を奏でた。

重い鎖も、布を噛《か》ませた手錠も不愉快だったが、まるでニーナの身動きに反応したかのように、ぎゅっと抱き締めてくる腕も不愉快だ。

細身に見えるけれど思いのほか力強い腕は、ニーナの華奢《きゃしゃ》な背中を回り、男性とは思えないほど長くて綺麗《きれい》な指先は、ニーナの金茶の髪に埋められている。相手が無意識であろうと、力勝負では敵《かな》わないニーナは、引き寄せられた状態のまま、少しでも自分の寝やすい位置を探って身体をずらした。

目を開ければ、薄闇に浮かびあがるような、秀麗な顔がそこにある。

（陰険な男は嫌い）

漆黒の髪はニーナの髪より艶《つや》やかで、触れればきっと心地いいだろう。

（自分勝手な男は嫌い）

冷たくて鋭い琥珀色《こはくいろ》の眼光は、今は閉ざされてるせいでニーナに見えない。

（わたしより綺麗な男は嫌い）

すがるように自分に回された腕が、まるで唯一無二の恋人を抱きしめているようだと感じれば、左手の重みを忘れそうになって、自分に苛立《いらだ》つ。

（わたし自身も嫌い）

嫌悪感を覚えながらも、青年の温もりは優しくニーナを包んで、眠りの世界に誘う。

（あの時、歌わなければよかった）

寝息を立てる直前の呟《つぶや》きは、声にならず夢に溶ける。


——あの時歌わなければ、悪魔に見つからなかったのに。

一　鳥籠《とりかご》の歌姫

とろりとした艶《つや》を含む赤い唇が、物憂げなため息を落とした。

壁の優美なガス灯と天井の巨大なシャンデリアに照らされた人々は、男女共に華やかだ。磨かれた大理石の床の上を楽しげに移動する姿すら、優雅に見える。ニーナのような十代半ばの少女には心浮き立つものがあるはずだが、薄緑色の瞳《ひとみ》には年相応の輝きがなかった。流行の香水の匂《にお》いが入り交じり、嗅覚《きゅうかく》はとうに麻痺《まひ》している。

（マタルにいけば、普通に生活できると思ったんだけどなぁ……）

地方都市マタルにはラムス地方の総督府もあるから治安がいい――はずなのだが、どうやらそれは身分や金のある人間限定の安全だったらしい。

ニーナが無気力に眺める広い会場は、平和そうな金持ち連中であふれていた。人々の視線の先には歴史のありそうな家具や装飾品、名のある絵画や彫刻が飾られている。特別高額な品は、ファスル大陸の大部分を支配下に収めている北の大国、アルカマル帝国の品が多い。

商品にはそれぞれ番号が振られていて、客が手に持ったカタログには、番号のついた商品のイラストと、簡単な説明が記載されていた。高額商品の隣には、それぞれその商品の由来を説明するための人間がついており、客たちは事前に購入したカタログ以上の情報をその案内係から仕入れることができる。

そこだけを見るのなら、この会場は破産品を売買するための大規模な展示会のようだ。一度ここで商品を確認してから、後日開かれるオークションでそれを落とす仕組みも変わらない。

しかし普通の展示会とは異なるものが、天井からいくつも吊《つる》されていた。

レースのリボンや生花で派手に飾られた、大きな鳥籠である。

——ニーナの入った鳥籠も、そのうちの一つだ。

当然だが、どんな金持ちが破産しようと、そんな『商品』は違法である。外側から見れば破産品のオークションでも、実質は闇《やみ》オークションだ。

「薬が必要か？」

鳥籠の横に立つ案内係の問いかけに、ニーナはゆっくりと頭を振った。脅しというより、気遣いの感じられる口調だったが、もちろん彼の言う『薬』は頭痛薬や風邪薬ではない。鳥籠に入っている少年少女の虚《うつ》ろな微笑を思いだせば、沈んでいた心がわずかに動く。

「薬を飲んだら歌えないわ」

ずっと黙っていたせいで、少女らしい高い声は少し掠《かす》れていた。

「気丈な女だな」

「褒められたと思っておくわ。肝の太さには自信があるの」

肝の太さに自信があるのは本当だが、たぶん、今のニーナは恐《こわ》いとか、悲しいとか、悔しいといった一部の感情が麻痺しているのだろう。

無闇《むやみ》に怯《おび》えることも、嘆き哀《かな》しむこともないけれど、ここから逃げようと策を練るほどの気概もない――そもそも、どこに逃げればいいというのだ。

(帰る家もないし、働く場所もない)

辛気くさいため息をついたら、また薬をすすめられるだろう。現実から逃げるためには有効な手段かもしれないけれど、それを嫌だと思う心はあるので、もしかしたら自分は、完全に絶望しているわけではないのかもしれない。

とはいえ、希望を見つけるのも難しい状況だ。

(どう見ても客層がいいから、組合《ワジフ》がかかわっているだろうし……武器も腕力もないわたしが、ここから逃げだすのは無理だわ)

犯罪組織のいわゆる親分連中の協定からはじまった組合は、カウカブ共和国の発展と共に裏社会に広がっていき、やがてワジフと呼称されるようになった。非合法なものを取り扱う闇市《やみいち》には必ずワジフの息がかかっていて、闇の掟《おきて》を遵守させている。

表の取引よりも高品質なものが揃《そろ》うとあって、客には身分の高い富裕層も多く、そういった人間は仮面をつけて展示会に参加していた。綺麗《きれい》な衣服や、華美な仮面はなかなか目に麗しい。やることもないので、ぼんやりとそれらを眺めていたら、きらびやかな色彩の中、ふと視界の隅に入った黒い影に気を取られる。

（ん？）

背の高い青年だ。派手な色調があふれる中、会場内に配置された守衛や案内係でもないのに、全身が黒い服装は逆に目立つ。艶《つや》やかな髪も、仮面も黒い。どうやら目的はここの会場に置いてあるものではないらしく、脇目《わきめ》もふらずに奥の方へ進んでいる。

人間にも絵画にも宝石にも興味がなさそうな青年が、何を求めてここにきたのだろうと首を捻《ひね》った時、粘つくような視線を近くで感じた。

湧《わ》きあがる嫌悪感に震えが奔《はし》りそうになり、ゆっくりと呼吸することでそれを散らす。感情を麻痺させ、腹を括《くく》ったつもりだったけれど、どうやら覚悟が足りていないようだと、頭の中の冷静な部分が呟《つぶや》いた。

「特技が歌ねえ。この装飾品を入れても、高すぎないか？」

そっぽをむいても、案内係への質問は聞こえていた。裕福そうな男の手には、開かれたカタログがあるのだろう。

（いくらついたんだろう？）

自分と関係がありそうで、その実、まったく関係のない値段だが、オークションの開始値は密《ひそ》かに気になる。

（外見……は、大した値がつかないだろうし）

ニーナのまっすぐな金茶の髪や、薄緑の虹彩《こうさい》はもちろん、象牙色《ぞうげいろ》の肌も珍しいものではない。十六歳という年齢も、こういった場所では特別視されるような年齢ではないだろう。年相応に肌は瑞々《みずみず》しいけれど、ほっそりとした体格は色香にあふれたとは表現しにくい。顔は十人並みで、せいぜい『ちょっと可愛《かわい》い』程度だろうと自覚している。

普段しない化粧とか、丁寧に梳《くしけず》られ、香油を塗られていつも以上に艶やかな髪とか、身につけたものの華やかさのお陰で、今のニーナは普段より五割増し美人になっていたけれど、大金をださせるほど化けられているのか、疑問は残る。

(装飾品がいくらかにもよるかな)

ささやかな胸の膨らみの上には、コイン型の飾りがいくつも連なった首飾《ネックレス》りが輝いていた。その上には首輪《チョーカー》もある。腕輪《ブレスレット》や足輪《アンクレット》はもちろん、耳飾《イヤリング》りや髪飾りや飾り帯まで、デザインが統一されていた。わざと艶を消した金の装飾品は、安いものではないだろう。

(ドレスも高そうだし)

黒を基調とし、赤を差し色に、部分部分で肌の透ける布地を利用したドレスは、北国のアルカマル帝国と、西国のナジム連合国の衣服を足して二で割ったようなデザインで、いくつものビーズが描く蔦《つた》のような模様は、こちらでは見ないものだ。コイン型の飾りをいくつも使用した装飾品とあわせて、ナジムの歌姫を彷彿《ほうふつ》とさせた。

(……着ろと言われたから着ているだけで、好きで着ているわけじゃないけど)

いつの間にか、顔をしかめていたらしい。

「顔！」

小声で注意されて、ニーナは客にむかって笑いかける。

「御客様、小鳥の囀《さえず》りは実際にお聴きになるのが早いかと」

案内係の目配せに、ニーナは小さく頷《うなず》いた。

(大丈夫。どこでも、どんな環境でも歌さえあれば生きていけるわ)

自分自身にそう言い聞かせながら、ニーナは静かに肺の中に空気を満たした。

歌う。

他界した母から教わった子守唄は、夜に眠る子供たちのための歌ではない。おそらく、盗賊である父にあわせて寝起きしていたニーナのために、替え歌を作ってくれたのだろう。元の歌は知らないし、他《ほか》の歌も知らない。

短い旋律はあっという間に終わるけれど、歌い終わった後、周囲の空気が浄化されたように澄むのが好きだった。父も似たような感想をくれて、この歌をニーナが歌うと悪夢を見ないと洩《も》らしたことがある。

気がつけば、会場中がしんと静まり返っていた。

欲望に満ちた熱気が、不思議と清々しい空気に変わっている。

意識して視点を切り替えれば――それを見ようと集中すれば、ニーナには透明に近い、小さな生物に近い『何か』が見えた。普通の人間には見えないらしいそれは、精霊と呼ばれる存在で、どんな場所にも、どんな時でもふよふよと漂っていて、ごくたまに何かを囁《ささや》いたりする。

歌った後に精霊たちの様子を見るのは、ニーナの癖だ。精霊たちに触れることはできないけれど、ニーナは幼い頃《ころ》から彼らの存在に慰められていた。母が他界してからは特に、一人ではないと確認するように精霊たちの存在を意識していたように思う。

機嫌よく精霊たちが漂っているのを認めて、ニーナは柔らかく微笑《ほほえ》んだ。傍《はた》から見れば、自分の歌に満足して微笑んだように見えたことだろう。

実際、満足はしたのだが、反応のない周囲に不安になってきて、ニーナはちらりと自分の案内係に目をむけた。

「……もう一度歌ったほうがいいかしら？」

ちなみにこの男はもちろん、ニーナをさらってきた連中は、この子守唄を耳にしている。

「なに、一度でいいさ」

会場にざわつきが戻った。ニーナの鳥籠に打ちこまれた番号を確認する声が飛び交い、カタログと照会する音が満ちる。

もう一度歌ってほしいと、客の誰《だれ》かが案内係に告げたのが聞こえたが、ニーナは客とは会話しないように前もって言われていたので、ただそっぽをむいていた。

聞きたければ明日オークション会場にくればいいと、案内係がなだめているのを耳にしながら精霊たちを眺め――ニーナはわずかに眉《まゆ》を寄せた。

(動きが変だわ)

機嫌がいい時の精霊たちは、互いにぶつからないように同一の流れを作って漂う。もちろん時間が経《た》てば自然とバラバラに動くものだが、それにしても早すぎた。

(………一ヶ所だけ乱れてる？　というか、乱れているのが近づいているような)

たとえるならば、山頂の澄んだ空気の中、たき火の煙が立っているようだった。そこの空気だけ明らかに違う。慌てるような、怯えるような精霊たちの動きを追っていたニーナは、自分のいる鳥籠の格子を青年がつかんだことに気づかなかった。

「――っ⁉」

ふいに身体《からだ》が揺れて、慌ててブランコの鎖にすがりつく。

何が起こったのか一瞬わからず、強い視線を感じたニーナは、そちらに顔をむけて――恐いほどに冴《さ》え冴えと澄んだ琥珀《こはく》色の瞳と出会った。

光沢のある黒い仮面の奥の、その眼光の強さに呑《の》まれる。

「今、何をしたんですか？」

一生に一度の運命に出会った愛の告白のように、命がけの懇願のように、恐いほど真剣な、せっぱ詰まった声だと思う。

(なにって……どう答えればいいの？)

戸惑いを隠さぬまま、ニーナは言葉を失ってしまう。

ニーナは案内係に言われるまま歌っただけだ。状況を見れば、近々オークションにかけられる身であるとすぐにわかる。

こんな目を、こんな質問をむけられるようなことはしていない。

「御客様、商品には触れないようにお願いします」

気取ってはいるけれど、脅しも含んだ低い声で、ニーナの案内係が注意を口にした。

案内係に肩をつかまれた青年は、神経質そうにその手を自分の肩から払った。その拍子に黒い仮面が落ちて、大理石の床に跳ねる。

(うわ)

思わずまじまじと見てしまう。

年の頃は二十代前半だろうか? 室内でもわかる目の下の隈と、顔色の悪さに一瞬ぎょっとするが、それを差し引いても美しい青年だと思う。病的な雰囲気すら、背筋を震わせるような色気があった。

身長が高く、肩幅も広かったが、均整のとれた体格は一見して鍛えている印象が薄く、線も細い。しかし刃物のような鋭さを感じる美貌《びぼう》に弱々しさは感じなかった。

でも——

(なんだろう。この人、何か変?)

言葉にならない違和感が、ニーナの視線を固定する。

自分の心臓の音が、大きく響いて聞こえた。

まるで一目惚れ《ひとめぼ》でもしたような反応だが、恋ではない。もっと正直に言えば、彼の外見はニーナの好みではなかった。自分より美しい男なんて嫌だし、そもそもニーナの好みは、逞《たくま》しい肉体を持つ、優しくて誠実な男だ。

遅れて気づく。

（わたし、この人が恐い）

何かされたわけではない。ただ問われただけだ。すがるように見つめられただけ。なのに警戒しなければならないと、ニーナの本能が騒いでいる。

（そういえばこの人……さっき見かけた黒い人だわ）

彼の衣服に目を留めて、色彩にあふれた会場の中、そこだけ浮いて見えた黒を思いだす。

派手な装飾のないシンプルな黒い衣服は、品よくまとまってはいるけれど、どう見ても目立たない。地味だから逆に際だって見えたのかと思ったが、隣に黒衣の案内係がいても、やはり目を引く。

（ああ、空気が違うんだ）

ようやく気づいた事実に、ニーナは改めて彼の周囲に目を凝らした。同じ会場の中にいる、別世界の住民たちをその目に映す。

「精霊が、この人を避けてる……」

ニーナの言葉は囁き声に近く、会場の喧噪《けんそう》の中では、隣に立っていても聞こえるような声量ではなかったのだが、青年は反応した。


「精霊使い！」


ニーナの肩が震えた。

きついけれども秀麗な顔立ちに理解の色が広がる一方、ニーナの案内係がぎょっとしたようにこちらを見あげた。

「精霊使いだと？」

「なにそれ？」

もちろんニーナは動揺を押し隠して、しらばっくれた。精霊石を媒介に精霊の力を引きだす精霊使いは、精霊信仰の神殿に手厚く保護されているのが常識だ。たとえどんな権力者の命令があろうとも、滅多に神殿の外にでてこない。だからこそ、ちゃんとした精霊信仰の神殿に属していない精霊使いは、詐欺だと決めつけられて白い目で見られるか、逆に変にありがたがられて拝まれたりもする。

悪知恵の働く人間なら、精霊魔法を使用した宗教詐欺、軍事利用なども考えるかもしれない。

こんな犯罪者と富裕層しかいないような場所で認めたら、どんな扱いをされるかわかったものじゃない。

だがニーナの努力もむなしく、案内係は心当たりのある顔で、低くうなった。

「…………確かに、不思議な歌声の持ち主だな」

ニーナが精霊使いだと証明できるものは何もない。そうわかってはいたけれど、冷や汗が背中をつたうのが、自分でもわかった。

気がつけば周囲の人間がひそひそと噂話《うわさばなし》をしている。会話の内容は、はっきりとニーナの耳に届かない。それでも察しはつく。

「《白鴉《びゃくあ》》の金糸雀《カナリア》が……」

「盗賊の歌姫はどうなって……」

「警備隊に捕らえられたのは、男だけだと……」

《白鴉《びゃくあ》》の守護神、金糸雀、歌姫。もろもろとある呼称は――すべてニーナのことだ。《白鴉《びゃくあ》》とは最近壊滅した盗賊団の名称で、ニーナの父はその頭領だった。

困惑や、歓喜、様々な感情を含んだ噂話が周囲に広がる中、冷え冷えとした声がざわめきを奪った。

「この娘は明日のオークションに出品されるんですよね？　精霊使いだとしても、開始値はカタログのままですか？」

「開始値については明日のオークションをお待ちください」

にこやかでも、きっぱりとした案内係の答えに、黒髪の青年は考えこむように目を細め、不機嫌そうな眼差《まなざ》しをニーナにむけた。

不純物のいっさい入っていない琥珀のような瞳に、ニーナが映る。

「高値がつきそうですね」

まるでニーナが悪いとでも言いたげな、嫌味にも似た口調に、ニーナの額に青筋が奔る。

「だから？」

客と話さないようにと注意されたことを、一時忘れ、つんけんした口調で問えば、彼は見下すような目で答えた。どうでもいいが、人をさげすむような表情が似合う男だ。

「それでもあなたが俺《おれ》の生命線のようなので、なんとか手に入れます」

「なんでそんなに偉そうなのよ」

「自分には相応の価値があるとわかっているからですよ」

「うわ。むかつく」

思わず放った一言は、どうやらニーナの商品価値を下げると判断されたようで、客の手前、大人《おとな》しくしていた案内係に咳払《せきばら》いをされた。黙ったニーナに、青年が小さく笑いかける。

自分の容姿を計算にいれたうえでの、利己的な冷たい微笑。反論などできまいと、その眼差しが告げてきて、ニーナの怒りが青年へとむかった。

むろん、囚《とら》われのニーナに睨《にら》まれても、彼にとっては痛くもかゆくもないだろう。彼は案内係が拾った自分の仮面を受け取って、まるで何事もなかったかのようにつけ直した。

「明日のオークションの準備をしてくるので、これにて失礼」

琥珀色の瞳でニーナを流し見て、青年は嫌味なほどに洗練された一礼をした。

◆

展示会の翌日、闇オークションの会場は、地方都市マタルのオペラハウスで開催された。

総督か、もしくはこの都市を守る警備隊にいくら袖《そで》の下を払っているのかは知らないが、今日のオペラハウスは招待状がなければ入れないことになっているようだ。歴史のある舞台で、洗練された客たちが何を競るのかと思えば、どんな題目がその招待状に書かれているのか知りたいような気もする。

「何をそわそわしているんだ？」

監視係の質問に、薄暗い舞台袖に立ったニーナは背筋を伸ばして彼を見あげた。

「………展示会の時と、衣装を替えていいのかと気になっただけよ」

仮の題目が書かれた何かが舞台の端にでも置かれていないかと探していたのだが、それを正直に言うのは子供っぽく思えて、いらない見栄を張る。

それに実際、衣装の変更は気になっていたことだった。

黒と赤の、妖艶《ようえん》な雰囲気を醸しだしていた昨日のドレスとは異なり、今日のドレスは白を基調として、差し色に菫色《すみれいろ》が使われている。所々で透ける布地を使用しているのは変わらないが、色合いのせいか清楚《せいそ》な印象受けた。装飾品も飾り帯以外ほとんど昨日のままだが、今日のニーナはナジム連合国の歌姫というよりも、ナジムの巫女《みこ》を連想させる。

化粧のことはよくわからないが、昨日と色遣いが違うことぐらいはわかるし、髪は前髪と顔の横に垂らしたもの以外、すべて綺麗に結いあげられていた。

レースの手袋も白。右の手首には小さなコイン型の飾りがついた、金色の細い鎖が幾重にも巻かれていて、監視係の手に持たれている。

昨日と今日で見せ方を変える趣向は、客に商品の特殊性と高級感を強調させる。しかし短所もあった。

「わたしだとわからなければ、昨日の展示会の意味がないんじゃないの?」

「なに、あんたが歌えば誰でもわかるさ」

まるで男の言葉に応《こた》えるように、客席のほうから拍手があがった——前の『商品』が落札されたらしい。

「出番だ」

手が差しだされる。繊細さとは無縁のごつごつした男の手は、紳士のような白い手袋に隠されていた。彼の左手首には金色の鎖が幾重にも巻かれ、いつでもたぐり寄せられるよう、手袋をはめた手にも鎖が巻かれている。

鎖を隠すように手を重ね、ニーナは舞台にでた。

ニーナの番号が呼ばれ、拍手が起こり、ざわめきが広がる。

客席は三分の二ほど埋まっていた。昨日の展示会の規模を考えれば、まず成功といっていい人数である。

(これから………わたしは売られるのね)

無意識に震えが奔って、金色の鎖が涼やかな音を立てた。

監視係がさりげなく金の鎖を手に取って、ニーナとの距離を一巻きぶん詰める。

(少しでもいいほうに流されるしかないわ。他に道はないもの)

わかってはいても、どうしてもっと真剣に、本気で逃げだそうとしなかったのか、後悔しそうだった。その一方、下手に逆らえば傷つけられると、大人しくしていれば表面だけは友好的でいてくれると、麻痺させたはずの心の一部が怯えたように忠告してくる。

(覚悟を決めれば、予測ができれば、それなりに心の対処ができると学んできたはずよ)

物心ついた時から、父はニーナに『もしも』の覚悟をさせていた。いざという時、のたれ死ぬことがないように、まともな人生が送れるように。

そのおかげで、ニーナは《白鴉《びゃくあ》》のみんなが捕縛された後も、どうすればいいのか迷うことなくマタルへむかった。そして住みこみの仕事を探して面接を受けたら、その相手が人さらいだったわけだが……。

(必要なのは、現状を受け入れること。現実的な最善策を考えること)

頑張って前向きになろうとしてみるが、道はなかなか険しい。ニーナの努力の間も、司会者の解説は会場に響いていた。

「昨日の展示会で、奇跡の歌声を聴かれた方も多いでしょう」

朗々とニーナの歌声を褒め称《たた》える言葉の中に、『精霊使い』の言葉はない。

それを証明できる方法がないため、『精霊使いかもしれない』という噂だけをばらまいたようだ。珍しいものを手に入れようとする収集家の眼差しとは異なる、殺気だった眼光がいくつもニーナにむけられているのを感じた。

(…………怯えても、いいことはないもの)

自分自身に言い聞かせながら、うるさい心臓を落ち着かせるため、目立たないように深呼吸を一つ。

背筋を伸ばし、顔を下げないように意識する。

「さあ、皆様にお聞かせしましょう」

司会者が誘うようにニーナに手をむけた。

監視係の目配せに従い、ニーナは客席をすべて見渡せる位置まで進みでた。

音楽はない。よけいな音はいらない。

ニーナは自分の呼吸で、ピンクに塗られた唇を開けた。

「優しい闇の帳《とばり》が……」

歌いだしたニーナは、しかし一小節も終わらぬうちに口を閉ざすこととなる。

「…………」

目を見開いたニーナの視線は、客席の後ろの両開きの扉にむけられていた。音も立てずに大きく開かれたそこには、軍服を着た人間がずらりと並んでいる。

ニーナの住むカウカブ共和国では、所属によって軍服の色が異なる。ラムス地方の警備隊は緑色だ。

客席のほうは明かりを抑えているため、外の広い廊下の照明が逆光となり、軍服の色はよくわからない。しかし影だけでも、地方警備隊の無骨な軍服とは形が違うとわかった。たぶん色は、海のような青色だろう。

つまり――

「中央治安軍だ！」

誰かの叫びに、反射的に精霊石を探そうとするが、そもそもそれが手許《てもと》にあれば、こうして捕まってなどいない。ニーナの精霊石は、地方警備隊に没収されている。

（中央治安軍……巡回時期に引っかかったの？　ワジフのかかわる闇オークションで？）

地方総督の管轄にある地方警備隊と違って、中央治安軍はその名のとおり、国の中枢が管理している部隊である。建前としては、地位も指揮権の優先順位も王の直轄にあたる親衛隊の下に入るが、王族、首都中枢の守衛が目的の親衛隊が首都からでることはほとんどないので、中央治安軍は実働的な意味での国軍にあたる。

地方で反乱が起きた時の鎮圧、国の守衛が治安軍の主な任務だが、抜き打ちで地方を巡回して、権力者の不正が行われていないか確認するのも仕事の一つだ。当然、地方警備隊と同じく治安維持のための公権力も有している。

ワジフが袖の下を渡して取引をしているのは、地方軍である警備隊だけだ。首都ならばともかく、こんな地方では中央治安軍とつながっていなかったのだろう。

ニーナと同じ結論に達した客たちが、次々と立ちあがろうとするのを、凛《りん》とした声が制した。

「いずれも身分のある方々とお見受けします。客人方は、大人しくしていれば厳重注意と罰金ですませましょう。ここにあなた方がいたと口外はしないので、席にお座りください。我らを阻めば、その瞬間に公務執行妨害の罪を追加します」

少し掠れたその声は、明らかに男性のものではない。

「女っ!?」

驚きの声が、そこかしこであがる中、客席が明るくなる。

開かれた扉から、等間隔で何人もの一般兵たちが客席に流れこんでいるのが見えた。その流れを二つに割るように扉から進みでた人物がいる。

軍人にしては細身な身体だった。一人仕立ての異なる青色のコートと三角帽は士官の証《あかし》だ。ニーナの位置では肩章まで確かめることはできないが、ラムス地方に出向してきた隊の指揮官なのは間違いない。

(治安軍の手入れ……今なら、逃げられる？　違う。助けを求めてもいいんだ)

とくりと自分の鼓動が大きく響いた音を聞いた気がした。

凍らせて、麻痺させていた感情を動かそうと、心臓がニーナを急《せ》かす。

(助けを求めてもいい)

もう仲間はいない。家族同然の盗賊団の仲間は、父も含めて全員ラムスの地方警備隊に捕らえられた。ニーナが兵士に接触することによって、仲間が捕らえられる心配はしなくていい。

ニーナはただ「助けて」と叫べばいいのだ。

こちらにむかってくる治安軍にむかって、ニーナは自ら足を踏みだした。しかし口を開く前に、右手首を引っ張られる。

ニーナを捕らえる華奢《きゃしゃ》な鎖は、道具も使わずに切れるほど弱くはない。

「ちっ」

逆方向へむかおうとしていた監視係は、舌打ちをしてニーナの腰を引き寄せた。ニーナ同様、彼の手首に巻かれた鎖も、簡単にほどけないようになっている。

「暴れたら手首を切り落とすぞ」

囁かれた脅し文句に、抵抗しかけた手が止まる。監視係の言葉が脅しか虚勢かの違いはわかる。こちらにむかってくる兵士たちに目をむけたまま、凍えたように固まっているニーナを荷物のように担ぎ、監視係は舞台から逃げだした。

「緞帳《どんちょう》を下ろせ！　防壁を急げ！　高額な割れ物と絵画も壁の隙間に入れろ！」

舞台裏は、すでに嵐《あらし》のような騒ぎになっていた。

実際に演劇をする際、場面場面の背景や大道具を準備させるので、ここは横も上下も舞台より何倍も広い。

舞台側から入ってこようとする兵士たちを警戒した即席の防壁はほとんど完成していて、若い男が仲間に武器を配っていた。さすがにマスケット銃はないものの、ナイフや歩兵用のサーベル、斧《おの》まで用意してあるようだ。

慌ただしい足音を立てて、作業用の細い通路から人が降りてきた。

「照明室は占拠されてるぞ！　無理矢理入ろうとしたら、扉越しに撃ってきやがった」

ここで言う照明室の操作は、あくまで舞台と客席の照明を管理するためのものだ。館内すべてのガス管が、そこで管理されていないのは、悪党たちにとって不幸中の幸いだった。おかげで舞台裏の照明は手動で操作することができるし、足許《あしもと》に不安を覚えない程度には明るい。しかし彼らの幸運は、そこまでだったらしい。

役者の控え室につながる廊下や、舞台装置の管理室、舞台道具を置く倉庫から戻ってきた者たちが、次々と報告の声をあげる。

「駄目だ！　外の出入り口は全部包囲されてる！　鼠《ねずみ》一匹通れねえよ」

「ちくしょう！　治安軍の巡警計画なんざ聞いてねえぞ！」

「ワジフの落ち度だ！　なんのためのみかじめだよ！」

悪党たちが自分勝手な罵《のの》り声をあげている中、ニーナを担いだ監視係も低くうなった。

「あんな若造をサミアに指名するからだ。ワジフも落ちたもんだぜ」

サミアとはこの地域一帯を仕切るワジフの代表者の呼称である。

本来、ワジフと多少なりとも関係がある人間ならば、サミアの悪口など口にできない。なのに緊急時とはいえ、このような台詞《せりふ》を言わせてしまうのだから、相当若い男なのだろう。

「まあ、確かにサミアにするには若すぎますよね」

しみじみとした同意の声が、監視係の背後から聞こえた。彼の肩に後ろむきに担がれているニーナにとっては正面だ。

ざわりとした何かが、背筋をはいあがった気がした。

(この声……)

監視係の背中にしがみつくようにして自分の身体を支えていたニーナは、急いで顔をあげた。

だが、それよりも早く監視係が身体ごと振り返り——その勢いで、ニーナは監視係の肩から滑り落ちた。

「――っ！」

突然の浮遊感に、悲鳴もあげられないまま息を呑み、直後にくるであろう衝撃と痛みに備える。鋭い痛みが右手首に奔って、小さな悲鳴をあげた次の瞬間、ニーナの背中は支えられた。

短い停滞の後、足が床につく。

「俺としたことが、鎖に気づかなかったのは不覚でした。まあ、大した傷でもないし、この程度の傷で大騒ぎするほど価値のある外見でもないから、大丈夫でしょう」

ニーナが口を挟む隙《すき》もなく、一方的に失礼なことを言い放った青年は、べろりとニーナの手首をなめた。

熱いのか、冷たいのかわからない何かが、一気にニーナの身体を駆け抜ける。

「何するのよっ！」

顔をあげれば昨日も失礼な言葉を吐いた、造作だけは無駄に綺麗な青年の顔がある。ほとんど反射で身体を離そうとしたニーナだが、実際に動く前に華奢な背中に回っていた腕が、それを阻んだ。

荒事にむいているとは思えない優美な指先が、ニーナと監視係をつなげていた金の鎖を持ちあげる――いつの間にか、その先が切れていた。監視係は床で白目をむいている。どうやら青年が倒したらしい。

「ご覧のとおり、あなたを助けにきたんですよ。床にはいつくばって、泣いて感謝してもらいたいところですが、今はそんな余裕がないでしょうから、後でやってください」

「誰がやるもんですか！　というか、あなた軍人だったの⁉」

彼が着ている衣服は、昨日のような盛装の黒衣ではなく、一般兵用の青い軍服だった。

すらりとした立ち姿は、中央治安軍の軍服も、まるで舞台衣装のように映る。神経質そうに眉をひそめる様子は、ただでさえ不健康そうな顔色を、より強調していた。不機嫌を絵に描いたような姿なのに、繊細かつ鋭い美貌は、ぞくりとするような迫力を増すだけで、その美しさを損ねていない。

「軍服を着ていれば軍人ですか。短慮極まりないですね」

「普通は軍服を着ていれば軍人なの！」

反射的に怒鳴りつけ、落ち着けと自分に言い聞かせる。

（何が起きているの？　この男はどうやって現れたわけ？）

冷静に考えれば、短い距離であろうと、舞台からここにくるまでに即席の防壁があって、悪党たちの仲間もいたはずだ。この衣服で、この存在感で見つからなかったとは考えにくいから、やはり倒してきたのだろう。

（こんなに細い体格で……騒ぎも起きないほど素早く相手を倒してきたということ？）

「殺すと色々厄介なので、ちょっと気絶させただけですよ」

疑うような視線をどう思ったのか、事務的な口調で説明される。人さらい連中の生死の心配をしたわけではなかったが、それでも間近で殺人が起こるのは気分が悪いので、ニーナはほっと息をついた。

ここが安心できる場所ではないと思いだしたのは、その直後。

「野郎っ、いつの間に！」

いくら周囲が騒がしかったのだとしても、さすがに声を荒らげすぎたのだろう。

明らかに自分たちの仲間ではない黒髪の青年に、注目が集まる。

「一人で踏みこむなんざ、英雄気取りの馬鹿《ばか》か？」

どっと悪党たちが笑うと、青年も小さく笑った。

さして大きくもない声が、嘲笑《ちょうしょう》の渦を鋭く切る。

「うるさいですね。どうして雑魚ほどやかましいのでしょう？『弱い犬ほどよく吠《ほ》える』と言いますが、あれは至言だと心から思いますよ」

(この男は毒づかなきゃ話せないわけ？)

状況を見ろと、怒鳴りつけたくなるのを我慢していると、軽く、青年の手がニーナの肩をたたいた。『下がっていろ』の合図だと判断して、大人しく数歩下がると、長い指先がひらひらと揺れる。

(『もっと下がれ』かしら？)

青年から離れたニーナだが、悪党たちはどんどん近づいてきている。もちろん彼らはニーナを狙《ねら》っているわけではなく、黒髪の青年を狙っているのだが、自分だけ無事でいられるとは思えない。

（というか、本当に一人だけでここに入ってきたわけ？）

いくら治安軍が建物を占拠した状態にあるとはいえ、舞台裏は悪党たちでひしめいている。個人で侵入すればあっという間に取り押さえられるのは目に見えていた。

こういった場合は建物を包囲した後、悪党たちの消耗を待つのが定石だろう。

（だいたい軍で動くんだったら、集団行動が基本なはずなのに――あれ？　でも、軍人じゃないようなことを言ってたような……）

よくわからないまま、黙って青年の様子を見守る。

青年に怯えた様子はなかった。一際大きな体格の男が、斧を片手に近づいてくるというのに、腰のサーベルを抜きもしないばかりか、身体を構えることもない。

（そんなに余裕ぶっていいわけ？）

青年はただ立っているだけだ。あのままでは殺されてしまう。

「いけ！」

「綺麗な顔が潰《つぶ》れたところを、外の連中に見せてやろうぜ！」

残虐な笑みを浮かべた男は、凶悪な輝きを放つ斧を、黒髪の青年に振り下ろした。

「――っ！」

目を見開いたニーナの前で、悪党の斧は黒髪の青年の頭に襲いかかり――……その動きを止めていた。

（あ……れ？）

一度、二度まばたいたニーナは、白革の手袋に包まれた手が、斧の柄を握っているのを確認する。

にやけながら仲間の行動を見守っていた悪党たちが、愕然《がくぜん》として言葉を失う中、剣よりもペンが似合いそうな細身の青年は、そのままの姿勢でつかんだ斧を自分の横に下ろした。

もちろん、斧の本来の持ち主は黙ってされるがままになってはいなかった。

ぐっと腕に力を入れて、青年ごと斧を動かそうとしていた――なのに動かない。

真っ赤な顔で渾身《こんしん》の力を斧にそそぎ、丸太のような腕の筋肉が盛りあがっているというのに、斧の主導権を握っているのは悪党側ではなかった。

（嘘《うそ》………）

涼しげな顔をした青年は、悪党の手から斧をむしり取って、背後に投げた。そして自分よりもはるかに太い腕をつかんで、踵《かかと》を支点に振り回しはじめる。

「冗談だろっ⁉」

悪党たちが悲鳴をあげる中、斧を奪われた男は回転の勢いをつけたまま、仲間の元へと戻った。十数人の仲間たちをその身体で吹っ飛ばし、人の身体ほどもある木箱を破壊させてようやく止まる。不幸にも吹っ飛ばされた者の中には、武器を持っていた者がいたらしく、仲間や自分を傷つけてしまい、阿鼻叫喚《あびきょうかん》の騒ぎになっていた。

だが被害を免れた者は、誰もが息をひそめた。まるで一音でも声を発すれば、悪魔に見つかるのだと信じているかのようだ。

「ああ……少し目が回った。寝不足でこれは気持ち悪いですね」

苛立《いらだ》たしげに秀麗な顔をしかめながら、ゆっくりと自分に近づいてくる青年を、ニーナは呆然《ぼうぜん》と見あげた——自分でも知らないうちに、腰を抜かしていたのだ。

どう見ても筋肉質には見えない青年は、小さく「失礼」とニーナに声をかけて、細い両手でニーナを横抱きにした。

堂々と舞台のほうへ歩いているのに、悪党たちは誰も手をださなかった。むしろ早く自分たちの目の前から去ってくれと懇願しているようだ。

「少尉！　舞台裏の制圧は完了しました」

人一人通れる程度に開かれた美術品と木箱の防壁にむかって、黒髪の青年がそう呼びかけると、壁の穴は数秒で広がった——どうやら彼が暴れている間に、あちら側に置かれた品はあらかた撤去されていたらしい。

「ご苦労。お嬢さんを安全な場所に連れていくといい」

凛とした女性の声が彼に応えた。鮮やかな青いコートをひるがえした女性指揮官は、部下らしき兵士たちと舞台裏に進んでいく。

許可を得た青年は、長い足を軽やかに動かして彼女らとすれ違った。もちろんニーナを腕に抱えたままだ。

『下ろして』とか、『自分で歩けるわ』とか言うタイミングがつかめなくて、少し困る。だが、何よりも先にまずは礼だろう。

ニーナの本能は相変わらず彼を警戒しろと訴えていた。できればすぐにでも離れたかったが、説明しづらい感覚的な理由で、こんな状況の中、軍服を着た人間に失礼な口はたたけない。

「ええと、助けていただいて、ありがとうございました」

「お気になさらず。こちらの都合です」

(『職務』じゃなくて?)

変わった言い回しだとは思ったが、深く尋ねるほどの内容ではないだろう。

「あの……服とか荷物とかって、後で返してもらえるのかしら……」

「大切なものでも?」

「ちょっとの着替えと、少しの金銭くらいですけど」

《白鴉《びゃくあ》》のアジトが地方警備隊に踏みこまれた時、非常用にと用意していたものを抱えて、着の身着のまま逃げだしたのだ。もとより大切な持ち物など、母や祖母の形見である精霊石しかないし、それも潜入捜査官に奪われた。

　とはいえ、寄る辺のないニーナにとっては、奪われた荷物がすべてだ。

「ドレスと装飾品で一財産ありますよ。あなたがそれ以上価値のある物や着替えを持っていたとは思えませんが、それでは満足できませんか？」

　嫌味な言い方にムカムカするが、確かに上流階級の人間に売りつける『商品』なだけあって、ニーナが身につけているものは、それなり以上の品だ。売ればしばらくは余裕のある暮らしができるだろう。

「……こういうのって、軍に没収されるものだとばかり思ってました」

「ええ。あのまま軍に保護されていればそうでしょうね」

　さらりと返された言葉を理解するのに、数秒かかった。軍服を身につけた彼に抱えられているこの状態は、『軍に保護された』ことにならないのだろうか？

「……………そういえば、軍人じゃないっぽいことを言ってましたね？」

「おや、意外と物覚えがよかったんですね」

　平然と言葉を返されて、ニーナは絶句した。一般人が軍人だと詐称すれば、それなりに重い罪となる。

「しょ、少尉と知りあいじゃなかったんですか⁉」

「不本意ながら古い知人です。あなたを落札する金銭的な余裕がなかったもので、たまたまこちらにきていた彼女を適当に言いくるめて協力を要請しました。服も借り物です」

「つまり昨日あなたが展示会にきたのは、潜入捜査とか違法行為の取り調べ的な何かではないということ？」

動揺するニーナを気遣う様子もなく、青年は不遜《ふそん》に問い返した。

「いちいち確認が必要なんですか？」

では、どうして自分をこうして抱えているのかと疑問に感じた途端、この状態がとてつもなく気持ちの悪い、危険なものに思えてきて、ニーナは反射的に叫んだ。

「放して！」

ぱっと青年はニーナを放した。ちなみにオペラハウスのロビーは大理石の床である。

「きゃあ！」

文字どおり空中で手放されて、ニーナはしたたかに腰を打った。痛い。

しかも長い裾《すそ》が邪魔をして、うまく立ちあがれない。高い踵で着ているドレスを踏みかけて、あわてて足を浮かせる。

（よりによって白いドレスだし！）

事情がどうであれ、今後のニーナの生活費になる予定のドレスだ。破いたり汚したりするわけにはいかない。裾をたぐるか、靴を脱ぐか迷いながらじたばたしていると、すっと屈んだ青年が、再びニーナを持ちあげた。

「しっ」

文句を言おうとしたニーナを制して、黙れと手短に告げられる。急に彼の背負う空気が重たくなったように感じた。眉間《みけん》のしわが深い。

「また俺が手を放したら、尻《しり》に青あざができますよ。どうせまたすぐに抱えますし、いちいち腰を下ろすのも面倒だから抵抗はしないでください」

舞台裏での彼の活躍を思いだし、ニーナは低くうなった。どうせなら手を放す前に、抵抗は無駄だと忠告すればいいのに。

「…………わたしをどこに連れていくつもり？」

「まずは馬車ですかね…………単に俺の手が滑っただけかもしれませんし」

(脅しているつもりなのかしら？　抵抗したら傷つけるってこと？　なんか言い訳というか、自分に言い聞かせてる感じだけど……取り敢《あ》えず、口調は改めなくてもいいみたいね)

小娘に対等な口をたたかれて怒りだすかとも思ったが、不機嫌そうな様子はそのままでも、怒りだす気配はない。

「移動手段を訊《き》いたわけじゃないわ。どこにいこうとしているの？」

「ウズンです」

ウズンとは、表の社会では生きていけない人間ばかりが集まって構成した、バルク山脈にある隠し里のことだ。

「軍服を着て言う台詞じゃないわ」

「仕方ありません。俺の自宅があるのがそこなもので」

「は？」

ニーナの台詞に対して、『仕方ありません』と返したのだから、彼は正しくウズンを知っているようだ。だが、ニーナが目を丸くした理由はそこではない。隠し里とはいえ、社会生活が営めるほどの人数がいる場所であれば、犯罪者でなくともそこに足を踏み入れることがあるだろう。しかし住居となると話が違ってくる。

——そういえばサミアのことも知っている様子だった。

「軍人じゃなくて、サミアもウズンも知っているのなら……まともな人間じゃないわね？」

「そっくりそのままお返ししますよ。突然人さらいに遭遇した間抜けな家出娘だと思ったのですが、それにしては裏社会に詳しいようですね」

いちいちかちんとくる物言いに眉をあげるが、それ以上に彼の言葉が気になった。

「…………なんで、『家出娘』だと思ったわけ？」

「『ちょっとの着替えと、少しの金銭』を持っていたうえ、解放されて自由の身になったのに、親類や知人に会いたがるそぶりがなかったので。しかしサミアもウズンも知っているとなると、ただの家出娘じゃなさそうですね。昨日の展示会で、《白鴉《びゃくあ》》の歌姫とか、金糸雀とか噂されていましたが、あなたの二つ名ですか？　残念ながら存じあげなかったのですが、高名な殺し屋か、盗賊か、娼婦《しょうふ》でしょうか？」

ホールを見張っていた兵士の一人が、青年の言葉を耳にして、ぎょっとしたようにこちらを振り返った。視界の隅に入った光景に、ニーナは赤面する。

「わたしがそんなふうに見えるの？」

進行方向をむいていた琥珀色の瞳が、ちらりとニーナを見下ろした。

「色々な趣味の人間がいますしね」

どの職業について語ったのかは、歴然としている。

ほんのり赤くなったニーナは、さりげなく自分の胸を隠して、涼しい顔をしている青年を睨みつけた。

「父は盗賊だったけど、わたしは何も……アジトに侵入してきた人たちとか、仲間を捕らえようとした兵士たちを追い払ったりとかで――」

火の粉を払っただけだから、犯罪行為はしていないと言いかけて、変える。

「違法行為かもしれないわ。父たちを止めなかったことも含めて」

たとえば父や仲間たちが盗賊行為から足を洗っていたら、今こうして離ればなれにはなっていなかったかもしれない。アジトの隠れ蓑《みの》だった宿屋は、経営を開始して一年も経っていなかったけれど、ニーナの努力の甲斐《かい》もあり、それなりに常連客がくるようになっていた。贅沢《ぜいたく》さえしなければ、普通の父娘《おやこ》として暮らせていたかもしれない。

「わたしを捕まえる？」

「言ったでしょう？　俺は軍人ではありません」

裏舞台から舞台、客席から広いロビーへ進んでいた青年は、ようやくオペラハウスから外にでた。

少し湿り気をおびた冷たい夜風が、ニーナの後れ毛をなでていく。

オペラハウスの前で治安軍が焚《た》いた篝火《かがりび》が、神経質そうな青年の輪郭を引き立てた。彼の腕の中でそれを見あげて、ニーナの心臓が大きく跳ねる。

恋情とか、見とれたとか、甘い感情のせいではない。あまりにも人間離れした美貌に怯えたのだ。

（やっぱり……精霊たちが………この人を避けている）

精霊という存在は、どこにでもいるものだ。ニーナが視点を切り替えれば、うっとうしいほどその存在を確認できるはずなのに、青年の周りだけいない。昨日の展示会と同じで、精霊たちが彼を嫌がっている。

「あなた――」

『何？』と言いかけて、ニーナは一度口を閉じた。緊張で乾く唇を舌で軽く湿らせる。

「……誰？」

外に立っていた兵士の一人に馬車の依頼をしていた青年は、そっと口端を持ちあげた。

友好的に見せかけた、形だけの、熱のない、美しい微笑で、告げる。

「アルドとお呼びください」

「アルド……」

呼ぶつもりはなく、ただ確認の意味で心の中で反芻《はんすう》するつもりだったのだが、声にだしてしまったらしい。

「はい」

結果として呼んだことになってしまって、仕方なくニーナも名乗る。

「ニーナよ。ただのニーナ」

貴族ではないので家名はない。そう告げたつもりだったのに、なんだか名を呼べとねだっているような言い方になってしまった。

心得たようにアルドが頷く。

「俺に名を呼ばれることを光栄に思ってください。ニーナ」

「………今、この瞬間、あなたに名乗ったことを後悔したわ」

そう口にしたニーナは、丁度よくやってきた馬車に乗りこんだ。

ファスル大陸の南東で、槍《やり》のように突きでたサイフ半島を国土とするカウカブ共和国は、関税の安さと異国人に対する大らかさを売りに、海洋貿易で豊かな富を得ている。ここ数十年でファスル大陸のほとんどを手中にしたアルカマル帝国に支配されず、ここまで豊かな国はカウカブ共和国だけだが、それには大きく三つの理由があった。

一つは、領地を広げすぎたかの国が、疲弊した状態にあるため。

一つは、カウカブ共和国は他大陸からやってくる船が多いため。誤って他大陸の船を傷つけたら、相手にファスル大陸への侵略の口実を与えてしまうのは目に見えている。

最後の理由の一つは、アルカマル帝国とカウカブ共和国の間に、壁のように存在するバルク山脈があるためだ。高く険しい山々の連なりは行軍にむいているとは言い難い。

バルク山脈は人を拒絶するような場所だが、その山へ自ら足を踏み入れる人間もいた。

——もっとも彼らがむかうのは他国ではなく、表社会に拒絶された者たちが集う町、ウズンである。

◆

一度マタル市内で馬車を変え、ニーナたちは縦に長い大型の幌馬車《ほろばしゃ》に乗り換えた。山道を登るだけあって大きな車輪の幅は太く、馬車も頑丈そうだ。前後に厚い布がかけられているせいで、外の景色は見えない。

(まさか乗合馬車があるとは思わなかったわ)

乗客数は、ニーナたちも含めて十人もいない。急勾配の道があるせいか、むかいあう形で二列に座る形式ではなく、詰めれば三人くらい座れそうなベンチシートが、御者側にむかって五脚並べられていた。両側は通路になっていて、荷物が置けるようになっている。

こんなドレスでは目立つだろうと思っていたのだが、乗合馬車の中には紳士淑女のような衣服の者もいたし、田舎《いなか》の農村で見かけるような衣服を身につけている者もいた。共通するのは、皆、他人の様子をじろじろと見ないことだけだ。

(……暇)

乗客席にカンテラの明かりはついているけれど、せいぜい隣に座る人間の顔がわかる程度の光量だ。珍しいものは見つからないし、話し相手もいなかった。乗車客の中で唯一名を知っているアルドは入り口に近い場所で、ニーナと離れて座っている。

どうしてもアルドの隣に座りたくなかったので、一人で奥の席に座りたいと我を通したのだ。

多少は言いあいになったが、『いいから黙ってそこに座ってなさいよ』と告げたら、本当に何も言わずニーナから離れた場所に座ったので、意外と押しには弱いのかもしれない。

(気を抜いた姿とか見せたくないのに、眠くなってきたなぁ)

山道に入っているのか、車体はそれなりに揺れていたが、備えつけのクッションのおかげで苦痛ではなかった。ガラガラと鳴る車輪のうるささには耳が慣れてしまったのだろう。乗客のほとんどは眠っているようだった。

思ってみれば、人さらいに捕まってから、あまり寝ていない。緊張していたせいか、小さな物音で起きてしまって、うつらうつらするのが精一杯だった。

(嫌悪感我慢して、アルドの隣に座ればよかったかも。そしたら乗車している間に色々訊《き》けて、多少は眠気を払えたのに)

訊きたいことは山のようにある。ついでに何か弱点を聞きだすなり、隙《すき》をつくなりして逃亡できたらなおいいが――

(………………身の安全が第一よね。余計なことをして、ひどい目にあうのは嫌だし)

喧嘩《けんか》は見慣れているが、ニーナは自分にむけられる暴力に慣れていない。《白鴉《びゃくあ》》にはガラの悪い男も多かったが、ニーナに手をあげるような人間はいなかったし、いたとしても周囲が止めてくれた。

いわゆる『仕事場』での《白鴉《びゃくあ》》を知らないから、ニーナにとっての《白鴉《びゃくあ》》は、少し気の荒いだけの血のつながらない家族みたいなものだった。

(みんな……ちゃんと御飯食べさせてもらっているかなぁ)

ニーナの料理が一番だと、笑いながら食べてくれた仲間たちの顔を思いだせば、無性に寂しくなる。昨日今日《きのうきょう》知りあったばかりの男に連れられて、ウズンへむかうなんて心細い。

(歌いたいなぁ)

歌えば気持ちが安らぐし、だいぶすっきりする。

(今なら、車輪の音にまぎれるかな?)

眠気覚ましにちょっとだけ、小声ならいいだろうと、小さく口ずさむと、それだけでも精霊たちの機嫌が変わった。相変わらず一部だけ精霊たちは近づかないが、埃《ほこり》っぽい乗合馬車の空気が澄んでいくのがわかる。

でも、まだ歌い足りない。

(もう一回くらいなら、歌ってもいいよね?)

何を歌おうかとは迷わなかった。

流行している甘い恋歌は趣味ではなくて、切ない鎮魂歌も好みではない。牧歌的な童謡は、あまりに清くて歌うのをためらう。

ひねくれていて、短くて、でもとびきり愛《いと》しい子守唄だけが、ニーナの歌だった。

もう一度だけ小さく口ずさんだニーナは、澄んだ空気に包まれながら瞼《ひとみ》を閉ざした。

それから数時間経《た》ったのか、数分経ったのかはわからない。

「きゃあああああああああっ！」


甲高い悲鳴に飛び起きたのとほぼ同時に、板が割れた音がした。

「おや、意外と素早い。わたしと遊びたかったんじゃないのかい？　町についてからではなく、今、遊んでやると言っているんだ。逃げたら遊べないよ？」

冷ややかで気取った声はアルドのものだ。そのはずなのに、耳にした瞬間、ぞわぞわとしたものが身体《からだ》を突き抜けた。


――恐《こわ》い。嫌だ。逃げたい。


強烈な恐怖と嫌悪に、吐き気を覚える。

寒くもないのに鳥肌が立ち、かちかちと歯が鳴った。逃げろと訴える絶叫と、動くな、興味を引くな、隠れてやりすごせという忠告が、頭の中で響いて交わる。

「くぅっ」

「ああ、切ない声だね、愛しい人。だが、お前はもっと赤い色で彩ったほうが美しい」

うっとりと聞き惚《ほ》れたくなる一方で、耳をふさぎたくなる。恐くて恐くてたまらないのに、もっと声を聞きたくなって――

そちらを見た。

「アル……ド？」

乗合馬車の照明は、相変わらずカンテラ一つだ。眠気を誘う橙色《だいだいいろ》が、ぼんやりと乗客たちを照らす中、アルドの姿は異様にくっきりとニーナの目に映った。

濡《ぬ》れたような黒髪も、不純物のない琥珀《こはく》のような双眸《そうぼう》も、甘さのない、鋭さばかりが目立つ美貌《びぼう》も、すべてニーナが知っている姿のはずなのに、髪の先からつま先まで、彼のすべてが完《かん》璧《ぺき》なまでに美しいと思う。

美しすぎて、寒気がする。

アルドは片手でほっそりとした女の首を持ちあげていた。華美なドレスを身につけた女の胸には、獣に引っかかれたかのように無惨な赤い線が入っていた。

ドレスがどんどん赤くなっていく中、もがいていた女の身体が徐々に動きを弱めていく。

「止《や》めて！」

思わずニーナが叫ぶと、アルドの手から女が抜けた。

「ひぃっ！　ひぃいっ！」

椅子《いす》の背もたれに身体をぶつけて、遠ざかりかけた意識が戻ったようだ。

言葉にならない声をあげながら、はうようにして女が逃げ、連れらしい中年男の腕の中に収まる。だが、アルドは逃げた獲物を追わなかった。

不思議そうに、その眼差《まなざ》しをニーナにむけていた。


「今、何をした?」

『今、何をしたんですか?』


昨夜と同じ言葉だが、口調が違う。

「こっちの台詞《せりふ》だわ。どうしたのよ?」

こみあがる恐怖と嫌悪感を必死に隠しながら尋ねると、アルドは薄く笑った。

「遊ぼうと言われたから、遊んでやろうとしただけだよ」

(変。アルドの態度や口調が違っているのもそうだけど、なんかすごく逃げたい)

現実に「逃げて」「逃げて」と、滅多に声をかけてこない精霊たちがニーナに囁《ささや》いてくる。

透明に近いその姿はよく見ていても、精霊の声を聞いたのは数年ぶりだ。地方警備隊がアジトに攻め入ってきた時も、彼らは何も言わなかったのに……。

ニーナからふいに目を離したアルドが、軽く鼻を動かして、眉間《みけん》に深いしわを刻んだ。

「精霊臭いな……が、石の気配はないか」

アルドの注意がニーナにむかっていると思ったのだろう。傷ついた女をかばっていた男が無言で立ちあがり、ステッキを振りかぶった。途端――


パンッ！


比喩《ひゆ》ではなく、自らはじけたように、ステッキが砕けた。

「馬鹿《ばか》だね。お前ごときに傷つけられる相手か否か、わからないのかい？」

優雅に腕を持ちあげて、アルドは親指の先に置いた豆をはじくように、ピンッ、と中指を動かす。

「ぐっ！」

もがく声が聞こえたのは、ほんの一瞬。馬車の幌の片側が半円にふくれて静まった時には、そこにいたはずの複数の人間と、中央のベンチシートの一部と床がなくなっていた。

それと前後して、走り続けていた馬車が停止する。坂道での発進は馬に負担がかかるけれど、さすがにこれ以上、乗客の騒ぎを無視できなかったのだろう。

運が重なったのか、床と共に地面に落ちた乗客は生きていたらしく、悲鳴が遠ざかっていくのが聞こえた。仮にここが馬車の上ではなく、ただの地面だったら、彼らはあのまま潰《つぶ》されていたのではないかと思う。

（よかった……）

「安心してていいのかな？」

いつの間にか、ニーナからアルドまでの距離が短くなっていた。近づいてくる魅惑的な微笑に、鳥肌が立つ。まるで甘い蜜《みつ》の毒花を見ているようだ。美しいのに気持ち悪い。

「近づかないで！」

ニーナの言葉に応《こた》えたように、アルドの足が止まった。

「ったく、忌々《いまいま》しい。これだから人の身体は！」

すぅと、アルドが息を吸いこむ。

（――っ！）

絶対的な確信があったわけではない。だが、気がついた時には、ニーナは自分の勘に従って、ドレスをからげて座席を乗り越えていた。


ゴウッ！


紅蓮《ぐれん》の炎が一気に広がる。炎の明かりが幌を反射し、視界が赤く染まった。熱い。

馬車に大穴が開いた時、『隠れてやりすごせ』という本能に従って沈黙を守った数人の賢者たちも、悲鳴をあげて次々と馬車から飛びだした。ニーナも先ほど崩れた穴から脱出する。

馬のいななきは、炎に驚いたせいだろう。炎を背負いながらも、かろうじて形を保っていた馬車が、再び走りだした。

地面に着地した人々は、離れていく馬車に目をむけることなく、転げるようにして三々五々に散っていった。もちろんニーナもそうしようとしたのだが、行く手をふさがれる。

彼は赤く燃えた乗合馬車の中にいたはずで、ニーナが外の空気を吸った時も、まだあの荷台にいたはずだ。ニーナがこの場所に着地してから、駆けだそうとするまで一呼吸にも満たない。

(なんで……アルドが目の前にいるの?)

コートを手に持ち、少し襟元を崩した姿すら舞台に立つ役者に見える男が、妖艶《ようえん》に微笑《ほほえ》む。

「やあ。精霊使いのお嬢さん。そんなに怯《おび》えた顔をされると、遊びたくなって困るじゃないか……わたしからしたら、すぐにでも殺したいくらい愛しい存在なのにね」

馬車よりも闇《やみ》の濃い場所で、彼の声が深く、優しくニーナを包む。

「悲鳴が聞きたいな。その白いドレスを赤く染めたい。恐怖に顔を歪《ゆが》めるお嬢さんは、きっととても美しいだろう。その断末魔は魔界の歌姫にも勝るはずだ」

ともすれば、口説かれていると錯覚しそうな声だった。

いつのまにか鳥のかぎ爪《づめ》のように、皮膚が硬く黒く変化しているアルドの五本の指を、この肌に滑らせてみたいと思いかけて、慌てて頭を振った。

シャンシャンと、耳飾りと頭の飾りが涼やかな金属音を奏でたのを耳にして、ここが甘い誘惑に満ちた悪夢の世界ではなく、現実だと自覚する。

「こないで。触らないで！」

こちらに近づきかけたアルドの足が止まり、こちらに伸びてきていた手が止まる。

触れてほしい、殺してほしいと願いそうな自分に苛立《いらだ》ちながら、じりじりと下がって、ニーナは山裾《やますそ》にむかって坂道を駆けだした。

大きくドレスを翻し、綺麗《きれい》にまとめられていた髪を乱しながら必死に走るが、唐突に大きな影が降ってきて、慌てて足を止める。

影は、美しい男の姿をしていた。

か細い月明かりくらいしかない場所で、それでも彼の微笑が見えた。むしろカンテラのあった乗合馬車の中よりも、はっきりと姿がわかるぐらいだ。

「……………今、降って……」

「軽く跳んだだけだよ。満月でもないのに、翼は生やせないからね」

まるで満月なら翼を生やせると言いたげだ。

気取った様子で説明するアルドに、ニーナは必死で頭を働かせた。

「あなた……何？」

炎といい、手といい、跳躍といい、目の前にいるこの男は、明らかに人間ではなかった。

「アルドはどこにいるの？」

「寝ているよ。ここで」

自分の胸を親指でさし、くすくすと、アルドではない『何か』が笑う。

「誰《だれ》もお嬢さんを助けにこない」

油断したその瞬間に、彼の用意した絶望に堕《お》ちてしまいそうだと思う。どこまでも魅惑的な声に逆らいながら、ニーナは必死に頭を働かせた。

(考えて。アルドがあそこまで強引な手段を使って、精霊石のない『精霊使い』のわたしを手に入れたのは、きっとこの『何か』のせいだわ。肉体のない『何か』に身体を乗っ取られるとわかって……ん？)

ほんの一瞬、重要なことが頭をかすめた気がするのだけど、答えがわからない。

「ああ、悩む姿も可愛《かわい》らしいね。大切に、大切になぶり殺したいくらいだ」

悪趣味なことを言いながら近づこうとする『何か』に、ニーナはぴしゃりと告げた。

「近づかないで」

ニーナの言葉に従い、彼が止まる。

――わかった気がした。

精霊魔法は精霊石を介して異界の力を具現化することだ。精霊使いは精霊石に触れることで異界から精霊たちの力を通すための道を作り、こちらに引きだした力を言葉と意思で制する。

だが、『何か』はすでにアルドの身体を自分のものとして動かしている。つまりこちらの世界に存在しているのに等しいのだ。

こちらの世界に存在しているのならば、ニーナが異界との道を作る必要はない。ただ力を制すればいい。

（精霊との共通点は肉体を持たない、不思議な力を持つものってだけよね……）

馬鹿馬鹿しい思いつきだが、この状態だって充分、にわかには信じがたいことだ。

「手をあげて」

慎重に呟《つぶや》けば、彼はすぐさま両手をあげて——数秒で下ろした。

（……単にわたしの言うことを聞いてくれただけにも見えるわね。強制力があったかどうかわからない。それとも持続性はないってことかしら？）

相手の反応を探るニーナに、彼は余裕のある表情で首を傾ける。

「どうしたんだい？」

相変わらず美しいが、ついさっきまでの毒々しいまでの魅力に陰りがさしていた。ニーナを警戒しているようだ。

乾いた唇を舌で湿らせると、警戒したように『何か』が表情を変えた。

すぅと、彼が息を吸い込んだのがわかる。馬車が紅蓮に変わる前に見たのと同じ光景だ。

だが、ニーナは逃げなかった。

「その身体をアルドに返して！」

不意に周囲が暗くなったように思うが、もちろんそんなことはない。

街灯なんて気の利いた物がないのは変わらないし、山道に降りそそぐのは、相変わらず月と星のわずかな光だけだ。

ただ、闇の中でも浮かびあがって見えたアルドの姿が、普通に闇にまぎれていた。

「ニーナ？」

呆然《ぼうぜん》とした呟きは、先ほどと同じ声のはずなのに、まったく違って聞こえる。

「アルド……ね。もうあいつに変わらない？」

「見てわからないのなら、俺《おれ》が何を言っても無駄でしょう」

人を馬鹿にしたようなこの口調は、確かにアルドだろう。

今更ながら、足が震えて腰が抜けた。ニーナにしたことを思えば、アルド自身も決して安心できる存在ではないのに、無事に生き延びた解放感がニーナの胸を満たして、体中に広がる。

「よかったぁ」

我ながら泣きそうな声で、ようやくそれだけ呟いた。

「ニーナ、怪我《けが》はありませんか？」

昨夜出会ってからはじめて、優しい言葉をかけられた。片膝《かたひざ》をついたアルドが、こちらの顔をのぞきこもうと身を屈《かが》めた瞬間、ニーナはがっしりと彼の胸ぐらをつかんだ。

「説明してもらいましょうか」

すごんだ声をあげる盗賊の娘の手を、アルドは無情にも払いのける。

「いいでしょう。あなたにも理解できるよう努力してみます」

真面目《まじめ》な声で、こくりと頷《うなず》いたアルドは、こんな時でさえ偉そうだった。

◆

ニーナよりもはるかに長い足が、規則正しく前へと進んでいた。

(偉そうな男って、足音まで偉そうだわ)

腰を抜かして動けないニーナは、現在アルドの着ていたコートに包まれて、彼の腕に抱えられている。アルド曰《いわ》く、『時間の節約のため』に、こうなったのだ。コートは『風邪を引かれると困るから』らしい。

「で、わたしに話す内容はまとまったの？」

「急《せ》かしてもいいことはありませんよ」

「だって、このままだと、黙ったままウズンに到着しそうだもの」

「…………」

だいぶ夜闇に目が慣れてきて、薄墨を塗ったような物の輪郭が見えてはいたけれど、人の表情までは難しい。

それでも、伝わる空気はある。

「黙ったまま、ウズンにいくつもりだったの？」

「完全にニーナが逃げられないところで話したかったんですよ。あなたは、俺の生命線だ」

言葉の間で、ものすごく不本意そうな舌打ちをしなければ、少しは同情したかもしれない。

もうアルドの心の準備を待つ必要はないと判断して、ニーナは続けた。

「さっき、あなたを乗っ取っていたのは何？」

「…………率直な質問ですね。慎ましい女性のほうが、男の目には好もしく映りますよ」

びしっと、額に青筋が奔《はし》ったが、ニーナは堪《こら》えた。深呼吸を一つして、強く告げる。

「話して」


「俺には悪魔が封印されています」


「ええと……」

即答されて拍子抜けしたというか、その内容に拍子抜けしたというか……途方にくれる。しかし先ほどの『何か』を表現するのなら、まさに悪魔が相応《ふさわ》しいだろう。

「いつから？」

「三ヶ月ほど前から。俺が眠った時と、満月の晩は悪魔が顔をだすようになりました」

さらっとした言い方だったが、言葉にした時、ニーナを抱える手が苦痛を堪えるように震えたのがわかった。

「きっかけは？　まさか自分で封印したわけじゃないでしょう？」

短い沈黙を挟んで、アルドは告げた。

「俺は大蔵省の事務官だったんですよ」

「エリートだったのね……」

ニーナの生活とはあまりにも別世界すぎて、『国の中枢にかかわる仕事』程度しかわからなかったが、取り敢《あ》えずそう呟く。

腕にニーナを抱えたまま、アルドは胸を張った。

「当然です。まだ駆けだしですがね」

たぶんそれでも誇れることなんだろう。

「あなたに法定監査が理解できるとは思えないので、簡単に説明しましょう。上の人間は中央の執務室で仕事をするものですが、俺のような立場だと出張が多いんです。三ヶ月前に俺が上司に命じられたのは、ラムス地方の税金の流れを確認することでした」

いらない嫌味を挟みつつも、かみ砕いた説明に、ニーナはこくりと頷いた。アルドが続ける。

「もちろん膨大な量なので、数名で確認作業をしました。しかし優秀な俺は、税金やら兵士たちの人数やら、公共物の修繕回数やらを小ずるい感じでごまかしているのを発見してしまったのですよ。もちろん、その金がどこに流れてどう使ったのかまで追いかけました」

忌々しそうに眉間にしわを寄せて、アルドはため息をついた。

「グラーブ・マブナー総督は、アルカマル帝国の軍部と接触していたようです」

ラムス地方に接するバルク山脈を北に越えたら、そこには大陸の覇者アルカマル帝国がある。高く、険しい山道は大きな軍隊が通るのにむいていないし、仮にアルカマル帝国軍がそれを越えたとしても、疲弊が激しすぎて戦いにならない――だが、到着したその地が敵地でなければ話は変わってくる。

いかに危険な話か理解したニーナの顔から、血の気が引いた。

「よりによってトップなの？　副官のルカじゃなくて？」

身体が弱いと噂《うわさ》されるグラーブは、外見もそれに相応しく痩身短躯《そうしんたんく》で、特別な行事がある時以外、滅多に人前に姿を見せず、総督府にこもって施政を行っている。

外にでなければならない仕事は、副官のルカ・ドラゴネッティが代理として動いていた。巷では、副官のルカのほうがグラーブの権力を盾に、暴利をむさぼっていると悪評を受けている。

それが本当ならば、ルカこそが黒幕ではないかと思ったのだが、アルドは否定した。

「ルカは単にグラーブの手足となって動いているだけですよ。俺はグラーブに直接袖《そで》の下を渡されそうになったので、間違いありません。拒絶したら、俺は街道で盗賊団に襲われて他界したことになりました」

つまりは、そう中央に報告がいったということだろう。

「ここの総督はよっぽど無駄がお嫌いなようで、俺は殺される代わりに人体実験をされたんです。意識がなかったのでよくわからないのですが、人工的に『悪魔憑《あくまつ》き』を作って、それを操ろうとしたらしいですよ」

アルドが苦笑した。

「せめてもう少しアルカマル帝国で戦争準備が進んでいたり、グラーブが武具を買っていてくれたら、反逆罪として逮捕しやすかったんですけどね。かさばるから証拠もつかみやすいし」

「武器の代わりがアルドなのね。確かに武器を持たせて戦わせてもいいし、火を吹くだけでも驚異だわ――量産できて、制御できれば」

「そのための実験でしょう。制御の当てもあったようですよ。その前に俺は逃げだしたので、その当てが成功するのかどうかは知りませんけどね」

とんでもない話に、頭を抱えたくなる。間の抜けた話にも聞こえるし、国の存亡をかけた危機が回避されたようにも聞こえる。

「現実的なんだか、現実的じゃないんだか……成功しているんだし、現実的だと思ってやったんでしょうけど……」

「総督も精霊使いに言われたくはないでしょうね。これは俺の想像ですが、悪魔憑きのほうは個人的な用途もあったと思いますよ。グラーブは身体が弱いので有名ですから。というより、アルカマル帝国に伝わる悪魔関係の資料がほしくて、機密資料を扱っている軍部と接触したんじゃないですかね」

「悪魔の力で健康になるために？　馬鹿馬鹿しい。何百年前よ！」

数は少ないけれど、精霊使いがこの世の中にいることは実証されている。精霊信仰と、悪魔信仰をごっちゃにしている輩《やから》は珍しくないし、精霊使いの心臓を食べれば不老不死になるというデマが飛び交った時代もあったらしい。

その時代だったら、もしかしたらグラーブが行ったような手法も研究されていたのかもしれない。新興国のカウカブ共和国は歴史が浅くて、昔の文化もあまり保存されていないが、貪欲《どんよく》に他文化を取りこんで巨大化したアルカマル帝国は、歴史が深くて文化の幅も広い。

「アルカマル帝国が戦争に勝利したら、グラーブには相応の報酬が入るように約束しているだろうから、単にきっかけがそうだっただけかもしれませんけどね」

「ねえ、アルドの存在自体が不正とか反乱の証拠にならないの？」

「説明しなければなりませんか？　グラーブが悪魔憑きの兵士はカウカブ共和国のための研究だと言い逃れをしたら、俺は実験体として国に追われることになるんです。後ろ暗い地方総督に追われるのとは、規模が違います」

　ちくちくする物言いに苛《いら》つきながら、ニーナは続けた。

「アルドが追っていたお金の流れは？」

「少尉にお願いして調べ直してもらいましたが、綺麗に修正された表の帳簿しかなかったようです。たぶん裏帳簿とか、戦後のグラーブの扱いを保障する旨を明記された契約書がどこかにあるはずなので、目下、伝手《つて》を使って調査中です。これくらいでいいですか？　これ以上詳しく説明しても、あなたに理解できるとも思えませんが」

「もう少し普通に説明できないわけ？」

「複雑怪奇な説明に聞こえたのなら、それはあなたの頭《オツム》の問題で、俺のせいではありません」

「むかつく男ね！」

「追加説明がいらないのなら、素直に『はい。そのとおりです』とでも言えばいいんですよ」

「……説明したいのなら、聞いてあげてもいいわ」

「残念ながら、これ以上あなたの頭《オツム》にあわせた説明をする自信はありません」

　いいかげん会話を続けるのが苦痛になって、ニーナはふんとそっぽをむいた。

　土を踏み固めただけの山道は、地面が月光を吸いこんで、まるで闇の中に浮いているようだ。

　しかしアルドの歩調に迷いはなかった。

　途中で焼け焦げた乗合馬車とすれ違ったほかは、特に風景に変わりはなかった。耳にする物音も、遠くの鳥獣の声と、風が揺らす草木の音、虫の鳴き声くらいだ。

沈黙は沈黙で苦痛だと学習して、ニーナは新たに浮かんだ疑問を口にした。

「精霊信仰の教会とかで、悪魔祓《ばら》いの儀式とかなかったかしら？」

「あなたに思いつくことなどとうにやってますよ。知人のコネで試しましたが、時間の無駄でしたね。悪魔の力が強いのか、わたしと悪魔の相性がいいのか、グラーブの儀式が特殊なのかは知りませんが、最終的に護符を渡されて教会を追いだされました」

こうしてニーナをさらったということは、その護符も悪魔を抑えることはできなかったのだろう。

「わたしが悪魔の暴走を止められると気づいたのはなぜ？」

「勘ですよ」

「…………勘で動くにしては、大規模な騒動だったと思うのよ」

今日は色々とありすぎて、昨日の展示会での出会いが、まるで遠い出来事のように感じてしまう。記憶を探りながら、ニーナは小首を傾《かし》げた。

「わたしが歌ったら、アルドがやってきたのよね。あなたも精霊が見えるの？」

「いいえ。ただ……いつ俺の意識がなくなるのか常に狙《ねら》っている悪魔が、その時だけは大人《おと》しくなって、俺ごと眠くなったから、あなたに歌ってもらえば、もしかしたら俺の中の悪魔がいなくなるのではないかと思ったんです」

展示会や、オークションの舞台裏で見た、アルドの隈を思いだして、ニーナはわずかに眉《まゆ》をひそめた。手を伸ばして、アルドの目の下をそっと拭《ぬぐ》う。

「何日寝てないの？」

「五日ほど」

さらりとした返事に、一瞬、こちらの気が遠くなりかけた。悪魔のせいで膂力《りょりょく》が増しているのなら、体力だって相応に増しているだろうが、それにしても五日は長い。

「それは……………ご苦労様です」

なんと言ったらいいかわからず、間の抜けた言葉になってしまった。

なんとなく俯《うつむ》いたら、頭の上から調子の変わらぬ声が降ってくる。

「それはどうも」

（あ。笑った）

見てないし、声の変化もなかったけれど、なんとなくわかる。

嘲笑《ちょうしょう》ではない、嫌味でもない、普通の笑みだ。

（なんだ。笑えるんじゃない。嫌味のない会話もできてるし……）

ちょっとだけ、ほっとした。肩の力が抜ける。

（……よかった）

そっと内心で呟いて、ニーナはこっそりと笑みをこぼした。

幸運にも馬車から飛び降りた場所はウズンに近かったらしく、ニーナたちはすぐに町明かりを隠す目的で造られた巨大な壁と、そこにはめこまれた門の前に立つことができた。今の時間は真っ黒な壁にしか見えないが、太陽が昇れば土の色の壁に、ぎっしりと蔦《つた》がはりついているところが見えるらしい。

◆

門には馬車用と徒歩用の二種類があり、門番がいた。さすがに、軍服のコートを脱いだだけのアルドを一瞥《いちべつ》した目は鋭かったけれど、特に何も言われなかった。

「たぶん、どこかの詐欺師が軍服仕入れてきたんだろうなって思ったのね」

アルドが着ていると舞台衣装にしか見えない軍服を指摘すると、彼は小さく舌打ちした。

「あんな低俗な連中と一緒にしないでください。俺はやがて国の中枢でチェスをさしながら、巨額を横領する男です」

「うん。あなたは中央に戻らないほうがいいと思うわ」

「あまり生意気な口をたたくと、下ろしますよ」

「たぶんもう立てるから、下ろしてもいいわよ。ちょっと周りの視線が痛くなってきたし……掏摸《すり》が近寄ってきたらなんとかしてね」

なにしろ、ここは犯罪者のための町だ。小銭を掠《かす》めるような小悪党から、警備隊に見つかった瞬間に射殺されるような大悪党まで揃《そろ》っている。

今のニーナは頭からつま先まで、売れば一財産の装飾品と衣服を身につけているのだ。いつ誰に目をつけられても、おかしくはない。

「…………」

何も言わなかったが、面倒だ、迷惑だと、あからさまに訴えてくるため息をついて、アルドは町を進んだ。似たような建物、似たような石畳の路地が続く、迷路のような町だ。

こんな山奥なのに、ガス工場を造っているらしく、街灯はすべてガス灯だった。本数も多い。窓からこぼれる明かりも、街灯と同じ色をしている。

(わたしのいた宿場町より豊かかも……暗いところは物騒みたいだけど)

闇の色の濃い裏路地で、じっと通りの人間を見ている者たちから目をそらす。

何度も似たような角を曲がってたどり着いたのは、二階建ての住居だった。

玄関の側《そば》に置かれた棚には、どうやら火をつける道具とランプが置いてあったらしく、彼は慣れた様子であっという間にランプに火をつけてしまう。

ランプの火を壁のガス灯と、テーブルの上の燭台《しょくだい》に移したアルドは、明るくなった部屋の中に、ニーナを呼んだ。

「どうぞ」

アルドに下ろされた状態のまま、所在なく玄関に佇《たたず》んでいたニーナは、思い切ってそこに足を踏み入れた。

ニーナの住居は宿でもあったので、あまり一般的な住宅に入ったことはないのだが、とりたてて変わった住まいではないと思う。

玄関の扉を開けてすぐにあるのは居間で、調理兼暖房用の暖炉や、食事用のテーブルや椅子《いす》が並んでいた。椅子が四脚もあるのに、家族が住んでいる気配はないから、あの椅子は来客用か。たぶん奥の引き戸のむこうは台所になっていて、水回りが配置されているのだろう。

今の季節ならば昼間はブラウス一枚でも大丈夫だが、朝と夜が極端に冷えこむこの地方は、年中暖房を必要とする。庶民の家の造りはなにかと効率よくできているのだ。

(寝室は二階かしらね)

見たところ、テーブルの上も暖炉の上も清潔だった。部屋の照明だけでは隅々まで床を確認できないが、このぶんでは綺麗にしているのだろうと判断して、ニーナはずっと両手で持ちあげていたドレスの裾《すそ》を下ろした。乱れていた髪も、できるかぎり手で直す。

「今からお湯を沸かしても時間がかかるので、林檎酒《シードル》でいいですか？」

お湯を沸かすということは、この家にはお茶にできる香草があるのだろう。ニーナの知りあいの男たちは、飲み物といえば大抵酒だったので、少し驚きながら「ええ」と答えた。林檎酒《シードル》は発泡性の酒で、この地方なら子供でも水代わりに飲んでいる代物である。ニーナも当然飲み慣れているから、酔う心配はない。

「ちなみにお手洗いは台所の外を右です。洗面台は二階ですが、いって戻っても面倒でしょうから、台所を使ってください。あと、オリーブオイルならあります」

几帳面《きちょうめん》なだけかもしれないが、至れり尽くせりな気遣いが意外だった。ちなみにオリーブオイルは化粧落としの代わりである。男性の知っている知識ではないと思うのだが……。

（まあ、あの顔だしなぁ）

教えてくれる女性には事欠かないだろうと結論づける。さっぱりして、個人宅で所有しているらしい裏庭の手洗いはもちろん、台所に水道が設置してあることに心密《ひそ》かに感動していると、いつの間にか二階にあがっていたらしいアルドが下りてきて、タオルと着替えを持ってきてくれた。衣服も軍服から部屋着に着替えている。

「サイズがあわないのは我慢してください。どうでもいいけれど、地味な素顔ですね」

タオルや着替えを渡しながら、失礼なことを告げるアルドに、笑顔になりかけていたニーナが引きつる。

「あなたに比べたら、大抵の人間は地味よ！」

「そうですね。俺も俺より美しい人間に会ったことはありません」

しゃあしゃあと言い放った男に、受け取ったばかりのタオルを投げつけたくなったが、さすがに堪える。吐き捨てるように「ありがと！」と告げて、むかむかしながら顔を拭《ふ》いていると、見下ろされていることに気づいた。

なんとなく、観察されているように感じて、小首を傾げる。

「なに？」

「別に。着替えは二階でお願いします。あなたが下りてくるまで二階にはいかないので安心してください。子供には興味がありませんから」

「もう十六よ！」

ニーナの反論に、アルドの双眸がわざとらしく見開かれる。頭からつま先までニーナを一瞥し、ため息。

「……可哀想《かわいそう》に」

なんだかやたらときらきらしい憂い顔で言われて、ニーナは顔を拭き終わったタオルを彼に投げつけた。

「こんなドレスじゃ落ち着かないから着替えてあげるけど、絶対にのぞいちゃ駄目だからね！」

「ニーナごときの裸に興味はありません。俺は何事も最高を望む男です」

「あなたわたしに助けられる立場だってわかってるのっ⁉」

「恩を売りたいなら買いますよ。跪《ひざまず》いてキスでもしましょうか？」

「絶対に嫌！」

いーっ！　と、獣が威嚇するように歯を見せて、どたどたと音を立てながら階段をのぼると、途中で呼び止められた。

「ニーナ」

無視してやりたかったけれど、一応留まる。

「なに？」

「家のないあなたと、交換条件と参りましょう。俺の中の悪魔を落とすことができたら、相応の報奨金を払いますし、しばらくこの家で寝泊まりしていいですよ」

「ウズンで暮らすつもりはないわ」

「では、マタルに住んでいる、信頼のおける大家を紹介します。たぶん職も世話してくれるでしょう。ついでにそのドレスや宝飾品を、信頼できる店で換金してさしあげます。ウズンの住民なら、色々と使い道があるので、他《ほか》の町より高く買い取ってくれると思いますよ？」

美味《おい》しい申し出だった。しばらくはオークション会場で身につけていたドレスや宝飾品で暮らすつもりだったけれど、換金することまでは頭が回ってなかったし、しばらくの住処《すみか》は必要だ。そのうえアルドの提示した報奨金だけでも、数ヶ月は暮らしに困らない。

「考えるわ」

即答を避けるためにそれだけ告げたが、アルドは遠回りな承諾だと判断したらしく、満足げに頷いて、階段から離れた。

（………もう少し報奨金を上乗せしてもいいかもしれないわね）

　頭の中で計算をしながら二階にいくと、すぐに狭い廊下にたどり着いた。大きな明かり取りの窓を前にして、左右に扉が一つずつある。

　片方はいくつかの荷物が置かれている空き部屋で、片方はアルドの寝室らしかった。無駄な物も装飾もない、簡素な調度品は、なんとなくアルドのイメージにあわないような気がする。両方とも掃除はされているようだったが、空き部屋のほうは荷物がなさすぎて寒々しかったので、寝室で着替えた。

「………うわ。だぼだぼ」

　サイズがあわないので当然だが、上のシャツだけで、裾がニーナの膝小僧《ひざこぞう》にかかりそうだ。ズボンなんて出口がわからないくらい長くて、なんだかむかついた。

　ベルトもサイズがあわないとわかっていたのだろう。ナイトガウン用の紐《ひも》が、周到に用意されていた。

　あちらこちらを折って、なんとか体裁を整えたけれど、襟ぐりばかりはどうしようもない。コルセットの下に着ていたシュミューズがちらちらと見えるのが気になり、いっそのことコルセットを身につけようかとも思ったが、脱ぐのにかかった苦労を思いだせば、もう一度あれをつけたいとは思わない。そもそも、一人で着られるものでもない。

「まあ、気にしないわよね！」

女として哀れまれたことを思いだして、年頃の娘としての躊躇《ちゅうちょ》は捨てた。

踵《かかと》の高い靴を脱いですっきりしたついでに、結っていた髪も背中に下ろす。なんだか、寝る前の身支度のようだが、どうせ今夜はここに泊まる以外に道がない。

ベッドの下の室内履きを借りて一階に戻ると、丁度アルドが棚から瓶を取りだしていた。

「遅かったですね。お湯を沸かしていてもよかったんじゃないかと思っていたところですよ」

「文句を言うのなら、あなたもコルセットを締めて、自分で解《ほど》いてみればいいのよ」

「解くだけなら得意ですよ？　生憎《あいにく》と自分のコルセットの紐を解いた覚えはありませんが」

「アルドならきっとコルセットも似合うのに」

むろん嫌味だったのだが、アルドはふっと笑みをこぼした。

「俺の美しさなら確かに似合うと思いますが、うっかり本気をだしたら、自分に恋をしてしまいます」

冗談……だとは思うのだが、あまりそうは聞こえなくて、ニーナは視線をそらした。

「湖に映った自分に恋をして、告白しようと身を乗りだしたら落ちて溺《おぼ》れたっていう、間の抜けた神話なら聞いたことあるわ」

「唯一無二の美貌が、自分以外にもあると思った間抜けですよね」

わかるわかると頷いているアルドを眺め、「……ああ、本物なのね」と小さく呟いたニーナは、彼を放って居間に続く引き戸を開けた。

踵が足りなくてカポカポと鳴る室内履きを引きずるようにして歩き、適当な席に座る。続いてアルドも台所からやってきた。長い指に二つのグラスを挟み、もう一つの手に瓶を二つ持っている。

「どうぞ」

アルドが用意してくれた淡い黄色の発泡酒は、ニーナの知っているものよりも上品な口当たりだった。もちろん甘味はあるのだが、かすかな酸味がすっきりとした味わいを生みだしている。鼻に抜ける林檎《りんご》の香りが爽《さわ》やかで、すいすい喉《のど》に入っていきそうだ。

一息ついたニーナは、よしと自分に気合いを入れた。早いところアルドの悪魔を落として、彼と縁を切りたい。

「で、どこで歌えばいいの？　二階？」

「ええ。ちょっと待っててください。今、薬を飲みますから」

そう言って、アルドがグラスに傾けた瓶は、ニーナの林檎酒《シードル》とは別のものだ。とろりと甘そうな琥珀色は、たぶん林檎の蒸留酒《アップル・ブランデー》だろう。手に持った薬は薄紙に包まれていた。

「お薬は水か白湯で飲むのが常識なのよ。知らないの？」

さんざん馬鹿にされたお返しのつもりで、意地の悪い笑みを浮かべたニーナだが、予想に反してアルドの答えは淡々としていた。

「酒なら、悪酔いしている気分になれるもので」

嫌味かと思ったが、それにしては切れがない。なんとなく嫌な予感がしたので、ニーナは薬を持ったアルドの手に自分の手を重ねた。

「ねえ、この薬ってなんの薬？」

「悪魔の出現を抑えるための薬ですよ」

まるで用意していたかのような即答だった。嫌味がなく、声も穏やかで、自分を賛美していない。嫌な予感は確信に変わった。

「そんな薬があるのなら、どうして乗合馬車の時に飲まなかったの？」

「残り少ないからです。そもそも俺は、この薬を買いにいってニーナを見つけたんですよ」

「効能は？」

「だから悪魔を抑えると――」

「どうやって抑えるのか答えて」

アルドの言葉を遮って、強く言い放つと、思いのほか早く回答された。

「まずは両手足の先から痺《しび》れはじめて、全身に麻痺《まひ》が広がります。気が遠くなるほど心臓が痛くなって、運がよければそのまま朝になってますね」

「毒薬じゃないのっ！」

アルドの手から薬をむしりとったニーナは、それを自分の背中に隠した。

「ただの睡眠薬も試したんですけど、平気で動き回るんですよ。でも、これなら……少なくとも悪魔が体内の毒を浄化するのにかける時間分、ぐっすり眠ることができます」

　悪魔憑きは毒で死ぬことはないようだ……うらやましいとは、とても思えないけれど。

「それ死にかけているだけとか言うんじゃないの？」

「そうでもしないと眠れないし、寝ないともういいかげん狂いそうになるんですよ」

「………そんなの飲んだら、苦しいじゃない」

　だから、酒で気分をごまかすのかと、先ほどのアルドの言葉を理解して、他人事《ひとごと》ながら泣きたくなる。

「わたしの歌で悪魔がいなくなるのかもしれないんでしょ？　精霊石のない精霊使いがどこまで役に立てるのか知らないけれど、やれるだけのことはするから、この薬は飲まないで」

「わかりました」

　即答だった。ほっとしてもいいのだが、違和感を覚える。

　深く考えてもよかったけれど、取り敢えずは彼がこの薬を飲まないと告げたことのほうを重視するべきだろう。

「不安だったら、お酒を飲んでてもいいわ。歌いましょうか」

　腹から声がでるように、仮に何かあった時は、すぐに逃げだせるように、ニーナは椅子から立ちあがった。

「待ってください」

二度目の待ったに目を細める。まさかまだ毒薬を飲みたいと言うのだろうか？

「今日は満月ではないので、俺が寝ない限り悪魔は現れないはずです。展示会であなたが歌っていた間は、悪魔が静まりましたが、念には念をいれておくべきでしょう。もしかしたら、消える間際に悪魔が顔をだすかもしれない」

「……そういうものなの？」

「頭《オツム》と同じく、危機感も足りないんですね」

哀れむように言われて、ニーナの額で青筋が脈打つ。

「今日はじめて悪魔の存在を知ったのに、危機感なんて……」

勢いよく自分の考えを訴えようとしたニーナの声は、すぐさま小さくすぼんだ。

嬲《なぶ》ることを目的に、恐怖に顔を歪める様子を楽しみにニーナを追いかけてきた悪魔を思いだして、寒気がしたのだ。人を傷つけることに喜びを感じ、愛を囁くように残虐な言葉を紡ぐ悪魔は、ニーナの理解の範疇《はんちゅう》を超えている。『そういうものだ』ですませるには、危険すぎた。

あれに比べれば普段のアルドに感じる嫌悪感など可愛いものだろう。

頭の中の悪魔を追い払って、ニーナは力強く頷いた。

「わかったわ。安全第一でいきましょう！　で、『念には念』って何をするの？」

力強い口調で尋ねたニーナに、アルドは小さく笑った。なんの含みもない彼の笑顔は、美しさよりも、少年っぽさが勝つように思う。

（…………）

「上に用意しています――ニーナ？」

うっかり、ちょっとだけ可愛いかもしれないと思いかけて、いや待てこの男のどこが可愛いんだ。だまされるなと、頭の中で自分と会話するのに忙しかったニーナは、アルドに名を呼ばれて我に返った。

「よし、可愛くない。なに？」

「…………二階で歌ってほしかったんですが、先に寝ますか？　夜も更けてますし、疲れているんでしょう。昼間のほうが、あいつは出現しにくいかもしれません」

衝撃の事実を前に、思わずニーナは自分の腕を抱きしめた。

「やだ。アルドが心配そうな顔をして、優しい言葉をかけてきた……」

「どうしてそこで怯えられなきゃならないんですか！　俺は紳士ですから、優しい言葉の十や二十は言えるんですよ」

「ちなみに過去、昼間に悪魔がでてきたことはあるの？」

「限界を感じるのはだいたい夜なので、昼に寝たことはありません。さすがに実験する気になれませんが、歌を聴くだけなら、昼だろうと夜だろうとかまわないでしょう」

確かに疲れてはいた。乗合馬車で少しうとうとしたけれど、あの程度でここ数日間の疲れは取れないし、転《うた》た寝の後、ニーナは悪魔に追いかけられている。でも――

「アルドは五日寝てないんでしょう？　わたしだけ先に眠れないわよ」

「本当に、心底覚えの悪い頭《オツム》ですね。馬車で寝てしまったから、悪魔がでてきたんですよ」

「覚えてます！　でも、転た寝と睡眠を一緒にしないでよ。そもそもこっちが歌うって言っているんだから、素直に寝ればいいでしょう⁉」

とても就寝前の会話とは思えない、ピリピリした空気の中、二階の寝室へむかうと、どうやらアルドは腹をくくったらしく、眠るための準備をはじめた。

彼が用意した『念には念』は、見せ物小屋の獅子《しし》でも捕まえられそうな、太い鎖だった。さきほどニーナがきた時には目に入らなかったが、ベッドを置いた壁には、鉄の輪っかが半分埋めこまれていて、同じ物がもう一つ埋まっている。

彼は鎖の先を、それぞれ壁の輪っかと、ベッドの脚にはめこんだ。よく見れば、ベッドの脚は鉄製のようで、床も鉄が張られて溶接されている。たぶん、壁も見た目どおりの土壁ではないのだろう。そしてその鎖をたどれば、見るからに頑丈そうな手錠、足錠にたどり着く。

足錠を両足にはめたアルドは、自分の上に掛布をかけてから、手錠を手首につけはじめた。カチャリと何かがはまった音がしたから、あの手錠やら足錠やらを外す時に鍵《かぎ》が必要なはずだ。だが、見たところアルドの近くに鍵はない。

「それ、外す時はいつもどうしているのよ？」

「事前に連絡して、知人に開けてもらいます。今日はあなたがいるからいいでしょう。失敗した時は、鍵はいりませんでしたが」

アルドの言う『失敗』が何を示すか気づいて、ニーナは慎重に頷いた。

最後の手首まで、アルドは自分でつけた。鎖にかなり余裕があるのだ。もちろん、ベッドの脚や壁の輪っかにある鎖のフックには届かないだろうが、寝返りくらいは打てそうだ。

「推奨するわけじゃないけど、鎖はその長さでいいの？」

「何も考えずに、この俺がこの長さにするわけないでしょう。ぴんと張ると、逆に力を入れやすいですから、ゆるいくらいで丁度いいんです」

まるでそれを立証するように、アルドは両手を交差させながら伸ばしてみせた。束ねて手に持つには鎖が太すぎるから、鎖はゆるいままアルドをそこにつないでいる。立ちあがればまた状況も違うのではないかと思ったが、たぶん色々と検証した結果なのだろう。

「よし。いいですよ」

掛布で半分はニーナの視界から隠れているとはいえ、大の男が両手足を鎖につないでベッドに横たわっている図というのは、乙女心的に目をそらしたくなる。

「ええと……いつもこんなことしているの？」

「どうしても眠りたい時はそうですね。三度家を全壊させましたが、二度は成功しました。もちろん、あの薬を飲んだら、ですけれど」

「…………」

『ほらやっぱり、怖《お》じ気づいた』とでも言いたげに、アルドは見下すような笑みを浮かべた。

「今から飲んでもいいですよ？」

蔑《さげす》み半分、残りを挑発と本音が半々ずつといったところか。

「女に二言はないわ。仮に悪魔が目覚めたら、わたしがまたアルドに戻してあげる」

今さら後には引けなくて、すっぱりと言い切ったニーナに、アルドは薄く笑う。

「では、お願いします」

アルドの言葉に頷いて、ニーナは胸一杯に空気を吸いこんだ。

歌う。

アルドを嫌がる精霊たちが、彼を遠巻きにしながらも、ニーナの歌に耳を傾けているのがわかる。空気が澄んでいるように感じるのは、精霊たちが上機嫌になっている証拠だ。

（でも足りない）

これくらいの広さの部屋なら、一度歌っただけでも視界が変わったのかと思うほど清々しくなるはずだ。悪魔をその身体に封印している男がいるせいか、いつもより空気の透明度が足りない。だからもう一度繰り返した。もう一度……もう一度。

いつの間にか、アルドのためではなくて、ほとんど自分の意地で歌い続けていたニーナが我に返った時、アルドは健やかな眠りについていた。

（………悪魔、祓えたのかしら？　落ちたとか言えばいいのかな？　消えた、静まった？）

よくわからないけれど、悪魔としてアルドが起きあがる気配はない。

アルドを起こして悪魔がどうなったのか聞きたい気もしたが、五日も寝ていない男の安眠を妨げることには抵抗があった。

(そもそも、アルドが寝たら、すぐに悪魔が起きだすのかしら?)

ちょっとだけ迷ったが、ニーナは彼の眠るベッドに近づいた。

ベッドに腰掛けて、小声でもう一度だけ子守唄を歌ってみたが、こんなにニーナがアルドの近くにいても、精霊たちは彼に近寄らない。

ガス灯の明かりでもくっきりとわかる目の下の隈が痛々しいが、それを差し引いても、やはり美形だなと思う。熟睡しているアルドには、当然ながら起きている時の鋭さがなく、嫌味を言われることはないし、観賞用としては最適かもしれない。

(好みじゃないけどね)

誰に言うでもなく、ぽつりと心の中でつけ足して、幼子を寝かしつけるようにもう一度子守唄を口ずさむ。

彼が健やかに、安心して眠れますようにと祈りながら。

三　可哀想《かわいそう》な少女

小さな頃《ころ》から、ニーナは父に口を酸っぱくして言われていた。

父や仲間に何があったとしても、復讐《ふくしゅう》しようなんて考えないこと。機会があれば、いつでもこの家をでていいこと。最優先事項は、自分が生き残ること。

『精霊使いの力があれば、精霊信仰の神殿にいっても一生食っていけるぞ』

『お前の料理の腕なら嫁のもらい手には困らねえな。いい男を見つけた時は、黙ってここをでてもいいからな。親は死んだことにすればいいさ』

言葉は違っても、すべてニーナを想《おも》ってのことだった。どんなに言っている内容がばらばらでも、全部本心だと、ニーナが今後一人で生きていけるための道の一つであるとわかっていたから、すべてに頷《うなず》いた。

でも――

『なあ……ちょっと歌ってくれよ』

たまに、父から子守唄を強請《ねだ》られる時があるから、扉のむこうで、廊下の隅で、そっと聞き耳を立てる仲間たちを知っているから――


『ニーナちゃん、メシくれよ。やっぱ他《ほか》で食うと味気ないわぁ』

『いっそおじさんの嫁にくるかい？』

『おう。久しぶり。え？　いいんだよ。三日ぶりでもさ』


盗賊は犯罪者だと知っている。窃盗は罪だ。

義賊だとか、人は殺さないとか、あるところからしか盗まないとか、そんなポリシーがあったって、やっている行為は世間様に顔向けができないことだ。悪党なりのルールだなんて、世の中には通じない。

全部知っている。理解できている。

でも、ニーナはみんなが好きだった。父が大好きだった。


『たまにでいいの。歌ってあげて。あの人が寂しくないように……』

幼い時に聞いた、母の最期の言葉を覚えていたから――

ニーナは自らの意思であの場所にいた。

――では、今は？

◆

カーテン越しの太陽の気配に、ニーナは顔をしかめた。

（今……何時？）

いつも時鐘が六回鳴る頃には目覚めているのに、カーテンを通した淡い日差しと、室内の暖かさは昼近くを表しているように思う。

（わたしのベッド……こんなに気持ちよかったっけ？）

起きなきゃ起きなきゃと呟《つぶや》きながら寝返りを打つ。

ジャラッ……。

重たい金属音が、やたら近くで聞こえた気がした。

（うん？）

目を開けようと思った途端、身体《からだ》が動いた。自分の意思ではない。なにやら温かいものが、ニーナの腰に絡みついているのだ。

「――っ！」

さすがに完全に目が覚めた。

バネのように上半身を起きあがらせ、まず見たのは今までニーナの腰に巻きついていた男の手だった。

清潔そうな白いシーツの上で広げられた男の手は、指が長くてあまり節々が目立たない。力仕事に慣れていない、綺麗《きれい》な手だった。多少皮が厚いようだから、剣術の心得はあるのかもしれないけれど、それでも嗜《たしな》む程度だろう。手首にはやたらと太い手錠がはめられていて、頑丈そうな鎖とつながっている。

無駄なほどじっくりと、その手を観察していたニーナの頭に、昨日《きのう》の記憶が一気に蘇《よみがえ》った。

（寝ちゃった⁉）

自分で自分が信じられずに愕然《がくぜん》としてしまう。しかも無意識とはいえ年頃《としごろ》の娘が、男のベッドにもぐりこんでしまった。

（ああいや、それより……）

自分の隣に目をむけると、作りもののように綺麗な顔の男が、寝息を立てていた。

(悪魔はでてきてない……みたい？)

ニーナが見る限り、壁の輪っかも鎖も手錠も昨夜のままだ。

ほっと胸をなで下ろして、念のため一度歌っておこうとしたら、うっすらとアルドの目が開いた。

「…………」

何か呟かれたみたいだが、聞こえない。目の焦点があっていないから、たぶん寝ぼけているのだろう。

「大丈夫？　気分はどう？」

ゆっくりと、アルドが起きあがった。さきほどニーナが眺めていた手が伸びてきて、引き寄せられる。

(……ええと)

どう反応すればいいのかわからずに硬直する。アルドの腕が乱暴だったり、強引だったりすれば、思いっきり暴れたと思うのだが、まるで大切な恋人を扱うように、柔らかく抱きしめられて、戸惑いが先立つ。

「すごい……こんなに熟睡できたのは、三ヶ月ぶりです。ああ、あの時は調べ物で忙しかったから、半年ぶりか、一年ぶりかもしれない」

うっとりとした声が、ニーナの髪の中に吐息と共に入ってくる。

怒り狂ってアルドを殴りつけてもいい状況のはずなのに、すがるような、愛《いと》しむような腕が、思いのほか優しくて……困る。この腕の中は、意外と心地いいと思ってしまいそうだ。

ニーナをその腕に閉じこめたまま、アルドはぱたりとベッドに倒れこんだ。

（……寝てる？）

共に横向きになったニーナは、おそるおそる薄緑色の目を動かした。

不純物の入っていない琥珀《こはく》のような瞳《ひとみ》が瞼《まぶた》に隠れているせいか、秀麗な顔立ちには起きている時の鋭さがなく、むしろあどけなく見える。

（えーと。落ち着こうわたし。状況に流されて自分を見失うのはいけないわ。取り敢《あ》えず起きるべきよ。何をベッドに戻されているのよ）

この状態から逃げだすべく、アルドの腕を自分から外そうと奮闘していたら、逆にぎゅっと抱き締められた。

「なにしてるんですか？」

すねるような声が、どきりとするほど色っぽくて、ニーナの顔に血が上る。

「こ、こっちの台詞《せりふ》だわ！」

ニーナの声がうるさかったのか、アルドの眉間《みけん》にしわが寄った。昨日さんざん見たアルドの表情に、なんだかほっとする。

「うっかり寝ちゃって申し訳ないけど、何度か歌ったのよ。悪魔は消えた？」

仕方ないのでアルドの腕に収まったまま確認を取るが、いつの間にかアルドは寝ていた。

(寝ぎたないにもほどがあるわよ！)

さすがにもう殴って起こしてもいいような気がしたが、見あげた先にある濃い隈を思えば、それもはばかられる。

どうしたものかと迷っていた時に、それは聞こえた。


ドンドンドンッ！


天の助けだ。誰《だれ》かが乱暴に玄関の扉をたたいている。

「アルド、アルド！　ほらほらお客さんよ、起きなきゃ！」

大義名分を手に入れたので、遠慮なくアルドを起こそうとしていると、外から声が聞こえた。

「おおい、便利屋ー！　一応ノックはしたからなー！」

大きな声だ。便利屋とは、アルドのことでいいのだろうかと小首を傾《かし》げていたら、雑な男が雑に解錠しようとしているような、ガチャガチャとした金属音が鳴りはじめた。

「入るぞー！」

(入るの!?)

勝手知ったる家のように、乱雑な足音が家に入る。まっすぐに居間を突き抜けて、台所から階段にあがったらしい。音が近づいてくる。

（ちょっと待って！　何勝手にあがりこんでいるのよ！）

じたばたとアルドの腕を外そうとするが、力勝負ではニーナに分がない。

「アルド、アルド！　誰かくる！」

「うるさいですね」

不機嫌そうにアルドが薄目をあけたのと――


ガチャリ。


寝室の扉が開いたのは、ほぼ同時だった。

現れたのは、一瞬、すべての状況を忘れてぽかんと口を開けてしまうほど、派手な衣服を身につけた青年だった。鳥の羽にも、花びらにも見える模様の、極彩色の襟なしシャツを着て、それと同色の布を頭に巻いている。

下は黒でまとめているし、背が高くて手足が長いからまだ見栄えがするが、一歩間違えば道化に近い姿である。腰からぶら下がっているじゃらじゃらした銀色の鎖と、黒革のブーツにつけられた銀のアクセントは、なんとなくお洒落《しゃれ》以外の用途があるように思えた。

「なんだよ。心配してやったのに、本人は特殊プレイでお楽しみ――と」

下品な冗談を言われて、反射的に枕《まくら》を投げつけたのだが、横たわった状態のままでは、うまく飛ばなかった。アルドの腕を自分から離そうと努力しながら、侵入者を睨《にら》みつける。

「誰よあんた!?」

「救世主さまだよっと。アルドは寝ぼけてんの？　その状態久しぶりに見たなぁ。まあいいことなんだろうけど」

「よくない」

「家が無事で、枕を交わした相手が無事で、いいことじゃねえか。あいつは悪魔を落とせたのかい？」

「枕を交わしたわけじゃないわ！」

噛《か》みつく勢いで否定するが、本気に取っていないのか、からかっているのか、謝罪の言葉は聞けなかった。

家主の許可も得ずに飄々《ひょうひょう》と寝室に入ってきた青年は、書き物机の引き出しを開けて、中から四つの鍵《かぎ》を束ねた紐《ひも》を取りだした。指先で鍵束を振り回しながらベッドに近寄り、掛布をニーナに渡すと、次々とアルドの拘束を解いていく。

「ほらアルド、起きるか寝返り打たねえと、そっちの鎖を外せねえぞ。鎖がないほうが、お嬢ちゃんも気持ちいいだろうしさ」

「あのね。わたしとアルドは一緒に寝てただけで、男女の仲じゃないの！」

びしりとニーナが告げた直後に、アルドごと寝返りを打たされる。

にやにやと笑いながら、青年は外しやすい位置にきた手首の錠に鍵をさした。

「………ほう」

（うわ）

近づいた青年の顔に、思わずニーナは息を呑《の》んだ。派手な衣服にばかり目がむいていたが、いい男だ。顔立ちは精悍《せいかん》なのに、大人の男性らしい落ち着きよりも、悪戯《いたずら》を企《たくら》む悪ガキのような可愛《かわい》らしさを感じる。

布の中に収まらなかった金髪は、まるで本物の黄金を糸に変えたようだ。子供のように輝いている双眸《そうぼう》は、薄く青がかかった灰色で、『天使の石』との異名を持つ天然石を思いださせる。

鋭さばかりが目立つ、アルドのすごみのある美貌《びぼう》とは異なり、こちらはいかにも色男めいた顔立ちである。明るくて、甘い。

「誰？」

今さらの質問に、青年がからかうように微笑《ほほえ》む。

「まずは自分から名乗るのが礼儀だろう？」

「ニーナよ。父は《白鴉《びゃくあ》》の頭だったわ」

「じゃあ、やっぱり盗賊の歌姫か。象牙色《ぞうげいろ》の肌はまあいいとして、『金糸のごとき金の髪と、緑柱石《エメラルド》のごとき瞳の輝きと、薔薇《ばら》の吐息と、不可侵の清楚《せいそ》さと、乞食《こじき》から王にいたるまでひれ伏す妖艶《ようえん》な美貌』はどこにあるんだよ？」

「なんですかそれ、薔薇？」

まだニーナを腕に抱えているアルドは、ぼんやりと首を傾げて、ニーナの後頭部に長い五本の指を差し入れ、人形の造型師が作ったような鼻を近づけた。

「ちょっと！」

抵抗するが、後頭部を固定されてはよけようもなく、アルドに頭の匂《にお》いを嗅《か》がれてしまう。

「香油の匂いはしますね。花の匂いですが、薔薇ではないです。菫《すみれ》、かな？」

声が近い。気が済んだなら放してほしいと心から思うのに、軽く髪を引っ張られて、首筋をさらされた。首筋に吐息がかかる。肌に触れるほど近くで、すっと息を吸われて、ニーナの顔が限界まで赤くなった。

「いい加減に放しなさい！」

ニーナの一喝の直後、アルドが両手をあげた。

驚いたようにまばたいているから、これで完全に目が覚めただろう。

「まったくもう」

掛布で身体をくるみ、その下でぶかぶかな衣服をあちらこちら整えたニーナは、こちらを見て嫌な笑みを浮かべている青年に目をむけた。

「色々とくわしく知っているようだけど、どちら様？」

「便利屋の――アルドの親友様だよ」

「サミア、適当なことを言うと、言葉の信憑性《しんぴょうせい》が薄れますよ」

アルドの言葉に、大声をあげそうになって慌てて口をふさぐ。

（……サミア？　あれが⁉　若いって聞いたけど、あんな若くていいもの⁉）

どう見ても、アルドと同じくらいの年代だ。ラムス地方一帯の裏の取締役のようなものなのだから、『若い』と言っても、三十代より下はないと思っていたのに。

「本物なの？　それとも同名のお友達？」

「本物で、お友達なんだぜ！」

ばしばしとアルドの肩をたたいて、胸を張る青年から、ニーナはアルドに視線を移した。

「正真正銘サミアですが、友人ではありません。互いに利用価値があるから、仕方なく協力している関係です」

「よおアルド、困っている時に救いの手をさしのべてくれた人のことを、なんて呼べばいいのか教えてやろうか？　俺《おれ》は寛大だから、恩人と親友、好きなほうを選ばせてやるぜぇ」

「…………………不本意ながら、友人です」

（あの顔が困ったというか、悔しげな感じに崩れるのは、少し面白いかもしれないわね。うるさいけど）

遠目に見るなら眼福なコンビだというのに、近づくと本当に残念な二人である。

放っておこうかと三秒ぐらい悩んでから、ニーナはちらりとサミアに目をむけた。

「本物なのに、『面子《メンツ》を潰《つぶ》された』と手下を連れてこなかったわけ?」

昨日の闇《やみ》オークションを潰したのは中央治安軍でも、それを引き入れたのはアルドで、そのきっかけはニーナだ。そして目の前のこの青年は、組合《ワジフ》からこの地帯の闇売買の管理を任されている男だ。

サミアは書き物机の椅子《いす》を引いて、ゆっくりとそこに座った。粗雑な言動のわりに、足を組む様子は優雅だと思う。

「あのレベルの闇オークションなら……んー、まったく痛くねえっていったら嘘《うそ》だけど、あいつらが俺を軽視してピンハネした売りあげと比べたら、お得な感じじゃねえの? ワジフの用心棒とか早々に撤退させたから、人的被害はまったくねえしな」

どうやら、オークションを開いていた連中のほうが、先にワジフを裏切っていたらしい。つまりと、ニーナは頭の中で答えを探る。

「……………中央治安軍に潰させたんだ」

「そっちのほうが早いし、次の『主催者』も選びやすいしなぁ」

軽そうな口調でそう告げたサミアが、にやりと笑った瞬間、表現しようのない何かが、ざわざわとニーナの腕や背中をはいあがった気がした。

(ああ、やっぱりこの人サミアだ……注意しないと、恐《こわ》い人だわ)

たぶんもう、サミアの指示で中央治安軍を引き入れたのだという噂《うわさ》は広がっているはずだ。サミアに都合のいい噂を流しているのではないかと疑っている連中がいたとしても、ワジフ側の被害がないと確認できれば、『サミアは中央治安軍にも顔が利く』という確信に変わる。

（でも……自分の身の程を知っていれば、本人の言うとおり寛容な人なんじゃないかしら？）

盗賊団の隠れ家である宿で、様々な悪党を見てきたニーナの目はなかなか鋭い。身の安全は確認できたので、ニーナは本題に移ることにした。

「サミアなら、この町の顔役よね？」

「ん？」

優しくて明るいお兄さんのような顔をして、サミアは小首を傾げた。ニーナが何を言いだすのか、興味を持ってくれたらしい。

「古着屋さんに、正統な額でドレスを買い取ってくれるよう、一筆書いてくれないかしら？」

たぶんアルドも共に古着屋にいくことになると思うのだが、彼がどの程度この町で顔が利くかわからないし、言動からして町になじんでいない可能性もあり得る。

ニーナは服の値段――特にあんな上等な衣服の価値などわからないから、正面から買い取りをお願いしても買いたたかれる可能性が高いのだ。

「いいぜ。装飾品のほうはどうする？」

「いっぺんに持ち物全部を現金化するのは恐いもの。ドレスだけでいいわ」

それだけでも、しばらく日常生活を続けるのに困らない金額になるはずだ。むしろ、小さな町の古着屋では、高価すぎて取り扱いできない場合もあるだろう。詐欺行為さえ封じられれば、この町で処分するのは正解かもしれない。

「さすが《白鴉《びゃくあ》》の娘はしっかりしてるよなぁ」

サミアとニーナが会話している間、一人でとっとと起きだしたアルドは、衝立《ついたて》のむこうの洗面台で顔を洗ったらしい。水差しには昨日のうちに汲《く》んでいた水が入っているので、わざわざ下に下りる必要はない。

すっきりとした顔で姿を見せたアルドは、クロゼットから自分の衣服を取りだした。着替えたいのだなとわかったから、今度はニーナが衝立のむこうの洗面台に移動する。

「一昨日《おととい》も《白鴉《びゃくあ》》の名を聞きましたよ。そんなに有名な盗賊団なんですか？」

衝立のむこうの会話に耳を傾けながら、ニーナは顔を洗い、髪を梳《くしけず》った。

「細く長く生き残っている、小規模な盗賊団だったからなぁ。だけど一部の人間には知る人ぞ知るって扱いになってて、わりと神聖視されてんだよ――もちろん盗賊団のほうじゃなくて、娘の、ニーナのほうな。義賊……というか、汚いことをしねえ盗賊団だったから、それの相乗効果もあったと思うぜ」

「神聖視はニーナが精霊使いだからですね」

「ああ。神殿にも、貴族にも捕獲されてねえのは珍しいよなぁ」

「『保護』じゃないんですか？」

「『捕獲』だろ？　自分らの都合のいいように働かせるんだ。精霊使いには薬を使っても意味がないから、贅沢《ぜいたく》で囲むか、ありとあらゆる脅しを使わなきゃならねえ……えぐいぞぉ」

薬というのは、昨日、一昨日に、人さらいたちが、ニーナ以外の『商品』に使っていた薬のことだろう。気持ちの悪い話に流れていくのを警戒しながら、それでも気になったので、ニーナは衝立のむこうから口を挟んだ。

「ねえ、わたしって……あっち系の薬、効かないの？」

「というか、精霊使いを薬で従わせても、精霊が反応しなくなるから使う意味がない」

「へえ」

知らなかったので、なんとなくほっとしながら、衝立から顔をだす。アルドはもう着替えを終えていた。ニーナはもちろん着替えなどないので、掛布にくるまったままだ。

「ほいよ、お嬢ちゃん。『貴族の仕立屋』っていう古着屋なら、それなりの値段で買ってくれるはずだぜ。場所はアルドが知ってる」

会話の最中も、サミアは手を動かしていたらしい。差しだされた紙は便せんで、署名入りでニーナがサミアの保護下にいることを証明する旨が書かれている。

「ありがとう」

「どういたしまして。お礼ついでに美形のお兄さんとメシでも食わねえかい？　下に俺が買ってきた食材があるんだ。普通のパンはもちろん。イチジクのパンと、クルミのパンと、松の実のパンと、ベーコンに卵とレタスとトマトもあるぜ。ちょっと工夫すりゃ、豪勢なメシになるぞぉ。俺、男の手料理より女の子の手料理のほうがいいなぁ」

粗雑な印象ばかりがニーナにこびりついていたが、サミアの声音は、少しひそめただけでとんでもなく耳心地のいい美声に聞こえるのだと発見する。しかも、内容まで魅力的だ。

「……アルド」

一応家主の意見も聞こうと名を呼べば、ため息が返った。

「好きにしてください」

もちろん、空腹のニーナは精力的に働くことにした。

男二人に居間の暖炉の火と、台所の湯沸かし用の竈《かまど》の火をつけさせることを命じ、彼らが下りて作業をしている間にアルドから借りた服に着替えて、台所の中を探索《たんさく》する。

(男の一人暮らしにしても、干し肉くらいあるものなのに)

酒やお茶に使う香草、蜂蜜《はちみつ》ならば買い置きがあるのに、どうして食材の買い置きがこんなに少ないのだと言いたくなる。明らかな未使用品が多いが、それでも調理器具が揃《そろ》っていることは幸いだ。オリーブオイルや塩コショウの調味料、半乾燥させたニンニクと松の実はあったから、庭に野草のごとく生えているバジルを収穫して、バジルソースは作れる。

「あとはもう、サミアの買ってきてくれた食材だけか……まあ、今からじゃスープを煮込むのに時間がかかるし、丁度いいかもね」

ベーコンエッグと、バジルソースをかけたチーズ入りのサラダと、切ったパンを用意するだけなら数分もかからない。食材が余ったので、松の実を煎《い》り、ニンニクとベーコンを炒《いた》めたものと、軽く火を入れたトマトに、生のままのレタスを交ぜあわせて、塩コショウで味付けた。

お茶用の乾燥させた香草だけは豊富にあったので、炒め物が終わる時間を見計らって人数分用意する。

「人間誰しも取り柄の一つはあるものですね」

人を素直に褒められないらしいアルドの隣で、目を輝かせたサミアが「美味《うま》い」と感想を口にしてくれる。

「卵とベーコンだけ焼いて、あとは適当にパンと一緒に食えばいいと思ったんだけど……ちゃんと料理になるもんだなぁ」

「鶏肉《とりにく》とパプリカとセロリも欲しかったわ。あとひよこ豆。スープにすると美味《おい》しいのよ」

「いいねえ。だけど俺も忙しいから、ご相伴《しょうばん》に預かるのは今度にするわ」

思ってみれば、今日サミアが買ってきたのはすぐに食べられるものばかりだった。ならば総菜屋で何か買ってくればよかったのにと言いかけて、呑みこむ。

「………『サミア』だものね。まだ信じられないけど」

敵が多すぎて、誰が調理したかわからないものは、食べられないのだろう。パンならば、誰が何を取るかわからないから、手に取れる。他の食材もそうだ。冷静に思い返せば、ニーナの調理中も、さりげなく側《そば》にいた気がする。

「そういうこと。用件と飯が終わったら、すぐに帰るからな」

「用件とは？」

厚く切ったベーコンに、上品にナイフを入れながら問うアルドに、一口でたたんだ目玉焼きを食べてしまったサミアが、口を動かしながら答える。

「まずはお前さんの無事の確認――悪魔はどうなった？　歌姫の歌でどうにかなるかもしれねえって話だったよな？」

アルドがこの質問をされたのは本日三回目だ。前の二回はアルドが寝ぼけていて話にならなかった。食事の手を止めて注目する二人に、彼は首を横に振った。

ため息が重なる。

「残念ね」

「ああよかった」

重ならない言葉にぎょっとしてサミアを見ると、イチジクのパンに蜂蜜を塗りながら、べっと舌をだされた。

「俺的には、そっちのが好都合」

「わたし的には、こっちのほうが不都合なのよ！」

利己的な二人を無視して、アルドは淡々と事実を告げた。

「どうもニーナの子守唄を聴くと、悪魔ごと眠くなるみたいです」

「悪魔ごと寝れるなら、まあよかったんじゃねえの？」

蜂蜜をこぼさないようにイチジクのパンにかぶりついたサミアに、アルドは肩をすくめてみせた。

「俺が寝ている間に悪魔が起きだしたから、昨日は乗合馬車で悪魔に暴れられたんですよ」

「ああ。そういう事態になるわけな。でも寝室なら無事に朝を迎えられたんだろう？　となると、二人一緒に寝れば、悪魔だけ起きだすことはないってことか」

それなりに重大な事実なはずなのだが、男二人の口調は淡々としていた。

当の本人は涼しい顔でベーコンを口に含んでいるし、サミアはいつの間にかクルミのパンにかじりつき、ぼりぼりと香ばしい音を立てている。

食事の合間のたわいない世間話をしているようにしか見えないが、その会話の内容はニーナにとって穏やかなものではない。

「待ってよ。わたしは歌うことは了承したけど、一緒に寝ることは承諾してないわよ！」

「俺がきた時、お嬢ちゃんはベッドの上だったじゃないか。一緒に寝てたんだろ？」

「ずっと寝てたわけじゃないわ。はじめはちゃんと歌ってたんだから！　そしたら先にアルドが寝ちゃって……悪魔がでないように様子をみてたら、いつの間にかつられて寝てて」

どんなに言い訳をしても、いつアルドのベッドに上がりこんだのか覚えていないあたり致命的である。

「俺が寝てから、ニーナも寝たんですよね」

「そうよ」

助け船がきたのかと思って、ニーナは頷いた。だが——

「それでサミア、『まずは』と前置きしたからには、仕事をさぼる口実以外にも用事があるのでしょう?」

フォローも何もなく、さらりと話を切り替えられて、当てが外れたような気分になる。

(『ニーナもさらわれた後で疲れていたんでしょう』とか、『悪魔と追いかけっこしたあとで、精神的にも肉体的にも限界だったのでしょうとか』……)

「ああ、お嬢ちゃんへの忠告な」

内心でぶつぶつ言うのに忙しかったニーナは、急に話を振られてまばたいた。

「なんでわたし?」

「そりゃ精霊使いだからだろ」

「…………?」

意味がわからずに首を傾げる。

「自分が軍事利用や宗教詐欺で、大金を生むことのできる存在だという自覚はあるかい?」

もちろんあったので、こくりと頷く。幼い頃から父に注意を受けている。その程度の忠告ならば、わざわざ言われるまでもない。

「軍事利用する場合、欲しがるのは戦争を起こそうとするやつだよな？」

「言葉遊びをするつもりはないわ。結論を言ってくれる？」

ニーナの催促に、「色気がねぇなぁ」と眉《まゆ》をひそめたサミアは、さらりと告げた。

「ラムス地方総督のグラーブ・マブナーが、お嬢ちゃんを捜してるぜ」


ニーナの時間が一呼吸分止まった。

グラーブがアルカマル帝国とつながりを持っていることや、アルドを人体実験して悪魔を封印したこと、ついでに《白鴉《びゃくあ》》が数日前に地方警備隊に壊滅されたことが一気に思いだされて、爆発する。

「もっとやんわり言えないの馬鹿《ばか》あああぁっ！」

半泣きで叫んだニーナに、うるさそうにアルドが眉をしかめた。

「ちょっと待って！　どうして？　どこからわたしがかかわったの？　アルドって大変そうだわって話じゃなかったの？　悪魔化さえなんとかすれば、わたしは平和で地道な一般人の道を選んで、ちょっと苦いものを抱えつつ、寂しく温かい人生を歩むはずだったのに！」

「だ、か、らぁ、ちゃんと自分で納得できるように話を進めててやったのによぉ」

両手で顔をふさいで、くねくねと身をよじって大げさに嘆くサミアを、ニーナは冷ややかに切り捨てた。

「いい年の男が可愛こぶらないでよ。女に何を言われようが、スマートに返すのが男の礼儀でしょう?」

「肩の力を抜いてやろうとしたのに」

おかげで落ち着いたというか、冷静になれた気もするが、あまり素直に認めたくはない。

「まあ、安心しな。総督側としちゃ、ウズンは存在しねえ町だから、ここにいる限り警備隊が団体で襲いかかってくるこたぁねえよ。いっそ、本当に俺んトコくるかい? 精霊使いとしてくるなら、お姫さま待遇で迎えてやるぜぇ。精霊石も用意してやるよ」

犯罪者になるのは御免だと一蹴《いっしゅう》しかけて、ニーナは少し考えた。

「……………地方警備隊に没収された精霊石も、手に入る? 母と祖母の形見なの」

「《白鴉《びゃくあ》》のアジトから没収したやつか? そりゃ難しいなぁ。あれは総督の手許《てもと》にあるから」

「なんで!? 精霊石よ? 保管庫とか、精霊信仰の神殿に奉納とかそっちじゃないの?」

盗賊団からの没収品として扱うのなら警備隊の保管庫。ふいに手に入れた精霊石として扱うのなら、それの管理は神殿の管轄だ。

「精霊使いを捜しているオッサンがいるって話してんのに、その質問は愚問だなぁ」

「ああそうね。わたしを兵器扱いするなら必要よね！　グラーブって人は精霊魔法をどれだけ知ってるってぇのよ！」

「《白鴉《びゃくあ》》の歌姫に関してなら、俺が知っている限り、四回かなぁ。十一年前、九年前、四年前、去年」

覚えのある数字と年数に、すっとニーナの顔から血の気が引いた――ニーナが、人にむかって精霊魔法を使った数だ。

十一年前は、アジトはもちろん、接していた家屋を炭にした。ニーナは五歳だった。火がついたように泣いて、泣きやむまで精霊魔法は暴走を続け、悪夢のような突風と紅蓮《ぐれん》の炎が周辺の家屋を全壊させたらしい。人的被害はどれほどだったかわからない。

九年前は、アジトを半壊させるだけですんだが、自分が人を傷つけた記憶がある。ニーナは七歳だった。風と氷の魔術を使って、父たちの縄張りを奪おうと襲撃してきた人たちに真空の刃と氷の矢を放った。人死にをださなかったのは奇跡だった。だが、あのあとニーナが傷つけた人間がどうなったのかはわからない。

四年前、一年前はアジトを全壊させることもなく、人を殺さなかった。ニーナは十二歳、十五歳だった。土と水の魔法で武装した一個小隊の警備隊の足を泥土に変えて、靴がそこに埋まる瞬間に凍らせた。マスケット銃には水の魔法で対処した、ほんの一瞬で火薬を使えなくさせるほど、ニーナは自分の力の使い方を完全に把握していた。

「お嬢ちゃんと面識がなかった俺が知っているということは、知っている人間が俺以外にもいるということで、それが総督に伝わっていたとしても、矛盾はねえやな」

反論の余地なく『兵器としての価値』を意識させられた。何も考えられなくて、顔を覆う。

「警備隊が《白鴉《びゃくあ》》に目ぇつけたのは、グラーブの命令だ。さすがに警備隊の末端までは精霊使いが目当てだっていう意思が伝わってなくて、潜入捜査官はお嬢ちゃんを見逃したみたいだけどよ」

「…………」

「俺としても戦争が起きるのは困るんだよ。闇商人が増えて管理が面倒になるし、他国からも悪党がわんさか入ってきて、ワジフの秩序が崩れる可能性もある。なによりウズンは場所が悪いしなぁ」

「…………」

罪悪感と不安をかき立てられて、言葉がでない。

動揺しているニーナを見かねたのか、アルドが口を挟んだ。

「サミア、忠告と昼食だけで、用事は終わりですか？」

「ああ。お前に貸した分の仕事は、いつもどおり部下を通してくれ。いっそこのまま会計士として雇ってもいいと言ってたぜ？　もちろん、別の働き口を用意してもいい。そっちのほうが給金高いぜ。悪魔憑《あくまつ》きのまま雇ってやるよ」

「遠慮します。忠告は以上で？」

追いだしたがっているような態度のアルドに、サミアは苦笑して両手をあげる。

「総括すると、お前にも忠告するべきだと思うんだが……」

「言われずとも察しました」

ちらりとニーナを見てから、「そうか」と呟き、サミアは立ちあがった。

「邪魔したな、ごっそさん。うまかったよ、お嬢ちゃん」

すれ違いざまにニーナの肩を軽くたたいて、サミアはでていった。戸口で二、三アルドと会話していたが、その内容まではニーナの耳に入ってこない。

「大丈夫ですか？」

珍しく、心配そうな口調に聞こえたのは、ニーナの気が弱っているからか。

「真っ青ですよ。横になったほうがいいでしょう」

ひょいと、横抱きにされた。

抵抗する余裕もなく、二階へ連れていかれる。

「後片付け……」

「後で片付けるから、後片付けと言うんですよ。今は休んだほうがいい」

ベッドまで運ばれて、ぶかぶかの室内履きをするりと脱がされる。至れり尽くせりで世話をされて、逆に落ち着かない。

「ちょっと待っててくださいね。すぐ戻ります」

何か、忘れ物でもしたかのように、アルドが寝室から姿を消した。

いなくなる前にかけられた、ニーナを気遣う一言が、なんとなく嬉《うれ》しいと思ってしまうあたり、自分はそうとう落ちこんでいるのだろうと思う。

(顔にでてるのかな……でてるんだろうなぁ。アルドが優しいんだもん)

確かに落ちこんではいた。『父が盗賊だから、家が盗賊団の隠れ家だから、今、こんなことになっているんだ』という意識でいたことに、『自分が仲間たちを巻きこんだ』とわかって、はじめて気づいた。

(情けない。何を被害者ぶってたんだか……)

小さな頃から、《白鴉《びゃくあ》》は自分の家族であり、コンプレックスだった。家族がいなくなって、寂しくて、心配だったけれど、『自分だって今大変なんだから許される』と思っていた。アルドの件がすべて片付けば、一人で生きることの免罪符になるような気がした。

(最低だわ。ごめん父さん、ごめんみんな……)

泣くのも卑怯《ひきょう》な気がして許せず、ぐっと唇を噛んで堪《こら》えていたら、アルドが戻ってきた。

「お待たせしました」

常に身にまとう鋭い空気を和らげ、優しく微笑んだアルドが、寝ているニーナの前髪をあげて、整った唇を寄せ、子供にするように口づけた。

ガチャン。

「ゆっくり眠ってください。色々と思い悩むことはあるでしょうが、俺はニーナの味方です」

ニーナの右手を手にとって、長い睫毛《まつげ》を伏せ、まるで姫君に忠誠を誓う騎士のように、そっと甲に口づける。

カチャリ。

どんな態度をとられようが、無視するのが難しい金属音を耳に、ニーナはぎくしゃくとした動きでその瞳を動かした。

まずは背後。ベッドに横たわれば、存外高くあるように思えるその位置に、鉄の輪がはめられていて、そこから鎖がつながっていた。昨日アルドを拘束していた鎖と比べればかなり細いが、道具もなく切れる代物ではない。

そして左手。華奢《きゃしゃ》なニーナの手首には、親指ほどの太さのある手錠がかかっていて、鎖とつながっている。

アルドの長い指先が、いたわるように、ニーナの長い髪を梳《す》いた。

「今は何も考えたくないでしょう。ゆっくりと眠るべきです」

「親切面して何語ってんのよっ！」

耐えきれなくなって一喝したニーナに、アルドが真面目《まじめ》な顔で告げた。

「俺はただニーナが心配で」

「落ちこんでいるいたいけな少女を心配して、こんな手錠かける馬鹿がどこにいるのよ！」

「自慢じゃないんですが、俺は滅多に女性にこんな優しい言葉をかけないんですよ」

「本っっ当に自慢にならないわ！　感謝しろとでも言うの!?　この手錠外しなさいよ！」

素早く書き物机にむかったアルドは、引き出しを開けて、華奢な鍵を取りだした。まだ鼻息の荒いニーナの目の前で手錠の鍵穴にそれをさしこみ、解錠する。

カチッ……カチャリ。

解錠した直後に、再び手錠をはめられて、ニーナはまばたいた。

「外して」

解錠した直後に、再び手錠をはめられる。

「…………………ふざけているの？」

「あなたが外せと命じたのでしょう？　はめたのは俺の意思です」

ニーナのせいでこんな不条理なことをしているとでも言いたげな口調に文句を言いかけ……昨夜の悪魔を思いだす。さすがに細かいところまでアルドとのやりとりを覚えてはいないけれど、何かを頼んだり強要したりした時は、すぐに従ってくれた。

「まさか……今は、アルドの意思が勝っているじゃない」

突拍子のない台詞だったと思うが、アルドは頭の回転が速く、混乱しているニーナを把握している。

「俺の意思がある時でも、人外の膂力《りょりょく》があるのを、あなたは見たはずですが？　さすがに魔術までは使えませんけど、この身体自体が悪魔の力の媒体となっているせいか、俺の意識がこの身体を支配していても、悪魔の力は無効化しきれていません」

「……悪魔だけじゃなくて、アルドもわたしの言葉の制約を受けてしまうってことね」

意識が切り替わっても、悪魔の魔力を持つ身体であることは変わらないということらしい。

しばらく黙りこんで両手で顔を覆い、不条理な罪悪感と戦いつつ、なんとか現実を受け入れて顔をあげたニーナに、アルドは笑顔で追い打ちをかけた。

ぎしりとスプリングのきいたベッドに膝《ひざ》を載せ、わかりやすく鍵を投げる。ゆるい放物線を描いて飛んでいった鍵は、当然鎖でベッドに固定されたニーナから届かない。

「『取ってこい』と、犬のように俺に命じますか？」

そのまま『取ってきなさいよ！』と動こうとしていた唇が、嘲《あざけ》るようなアルドの言葉で凍りついた。

「どうしました？　言えばいいでしょう？　俺はニーナの命令には逆らえない」

ニーナが人さらいにあい、鳥籠《とりかご》の中で見せ物になったのは、ほんの二日前だ。泣きわめいて人さらいの言うことを聞かなかった『商品』は、無理矢理薬を飲まされて、幸せな夢の世界へ意識を持っていかれた。あのままだったら、今頃は『ご主人様』の元で、どんな扱いをされていたかわからない。もちろん、それは薬を服用しなかっただけで、ニーナも同じだ。

あんなのと同列に扱われたくはなくて、ニーナはアルドから目を離した。

「人を奴隷のように扱う趣味はないわ」

「それはよかった」

にっこりとアルドが笑い、掛布を持ちあげ、ニーナの隣に滑りこんだ。長い腕がニーナの腰のくびれの下を通っていく感触に、悲鳴をあげかける。

「…………なに？」

自分以外の体温が近い。近すぎる。

ただでさえ悲鳴をあげたい距離なのに、引き寄せられた。

「――――っ！」

「大丈夫です。落ち着いてください。あなたの命令に、俺は逆らえないと、さっきわかったでしょう？　ニーナの安全は確保されているんです」

事実と同時に、強烈な罪悪感まで植えつけてくれた男の台詞に、頷いていいものか迷う。そもそも、命令が叶《かな》えられた直後、アルドは自分の意思で自由に行動できるのだから、そこまで安全だとは思えない。

「俺はただ眠りたいだけです」

「は？」

聞きようによっては色っぽい台詞なのだが、もっとずっと切実な訴えに、間の抜けた声をあげてしまう。

（……あ。展示会で見た目だわ）

海のど真ん中で溺《おぼ》れた人間が、その命を守るためにすがるものを見つけた時の目だと思う。喜びよりも強い、希望よりも鋭い激情。

「心底腹立たしいことに、あなたが俺の生命線だ。お願いします。一緒に寝てください」

一生に一度の運命に出会った愛の告白のように、命がけの懇願のように、恐いほど真剣な、せっぱ詰まった声。

「ニーナと寝たら、悪魔はでてこなかった。何も飲まずに眠ったのに、悪魔がでなかったのははじめてです」

「…………」

「どちらにしろ、一晩中歌って、俺を見張っていてくださいというのも、無茶なお願いでしたからね。一緒に寝るだけでいいのなら、そのほうがお互いに気まずい思いをしなくて楽でしょう？　あなたにとっても、美しい俺と眠れるのは役得なはずです」

「役得はいらないわ」

反射的に答えてしまって、それを聞いたアルドの瞳が動く様を見てしまった。

偉そうで、人を見下すようなことも言うくせに、いざ反論されたらそんな目をするのは卑怯だと思う。まるで、ニーナがアルドを傷つけたようではないか。

（そりゃ……眠っちゃったのは大失態だけど……）

『仮に悪魔が目覚めたら、わたしがまたアルドに戻してあげる』

ニーナは悪魔を見張るためにも起きていなければならなかったのに、大口をたたいて、寝てしまった。悪魔が起きなかったのは本当に幸運なことで、アルドがそれにすがりたいと思う気持ちも……わかる。

「もう五日も寝ていなかったんです。あの程度の睡眠では足りません。俺が可哀想だと思いませんか？」

抱きしめられた。

なだめられて、脅されて、すがられて……多少方向が外れていても、全力で懇願されているこの状態に、いつまでも逆らい続けていられるほど、ニーナは鉄の意思を持っていない。だが……――

「手錠の意味を訊《き》いてもいいかしら？」

「外したら逃げるでしょう？　俺には悪魔が封印されているんです」

即答だ。言葉に疑問符をつけてはいても、そうなるはずだと決めてかかっている。

「逃げないと、わたしが言ったら？」

「それをしていてくれれば、俺は安心して眠れます」

「…………」

目をそらす。

（しまったわ）

どこまでも自分勝手な台詞なのに、ほだされた。そうまでして自分が必要なのかと、思ってしまった。どうしようもない事態なせいだとわかっているのに、これが自分の役目なのではないかと考えそうになる。

「ニーナ……」

困ったように、すがるように名を呼ばれてしまった。

ニーナを抱く腕は、悪魔が封印されているくせに、温かくて優しい。

迷って、困って、考えて、やがて、どう足掻《あが》いても逃げられない現実を直視する気になる。

了承の言葉の代わりに、ニーナに回った腕がゆるんだ。短い歌が終わらないうちに、アルドは静かな寝息を立てている。

ほっとしたように、子守唄を小さく歌った。

念のためもう一度歌って、ニーナはアルドを見た。額にかかった彼の黒髪がなんとなく気になって、後ろに流そうと手を伸ばしたら、ジャラリと左手の鎖が金属音を奏でる。

ため息。

（わたし……やっぱり可哀想なんじゃないかしら？）

自分の中に浮かんだ虚《むな》しい疑問に、答えてくれる人間はいなかった。

四　狙《ねら》われた精霊使い

アルドの睡眠は翌日の朝まで続き、しびれを切らしたニーナがたたき起こしたところで、ウズンでの二日目の朝がはじまった。

「いい加減服が欲しいの！　御飯の材料も全然足りないわ！」

多少ぐずったものの、思っていたより大人《おとな》しくアルドは買い物を了承してくれた。ニーナのドレスを脇《わき》に抱えてお供をしてくれるアルドを背後に連れ、外にでたニーナは青い空にむかって思いきり両手を伸ばした。

さすがに室内履きのまま外出するわけにはいかなかったから、足許《あしもと》は三日前にオークション会場で履いていた踵《かかと》の高い靴で、服装はアルドに借りた男物だ。あまり人前にでたい姿ではないが、今は羞恥《しゅうち》より喜びのほうが大きかった。

だぼついたシャツの裾《すそ》と、長い金茶の髪が爽《さわ》やかな朝の風に揺れる。

「ああ、太陽が気持ちいい！」

ニーナの声がうるさいと表情で語りながら、アルドは口も動かした。

「こんな朝から動くのなんて、鶏かニーナくらいですよ」

太陽の下のアルドは、ぐっすり眠ったせいか、だいぶ顔色が回復したようだ。不健康そうな色香が薄れているように感じるぶん、人間に近く見える。

一応、アルドをすぐに起こすのは可哀想《かわいそう》だと思ったから、ニーナだって起きてから数時間はつきあったのだ。だが、一度今日の食卓のことが気になると、生来の働き癖が顔をだし、黙って横たわっているのが苦痛となり、労働交渉を言い訳に動いてしまった。

少なくともアルドの悪魔がなんとかなるまでは、ニーナは彼の側《そば》にいなければならないだろうと腹を括《くく》ったのだ。アルドの提示した金額と、ニーナが枕代《まくらが》わりになること、そして家事全般がニーナの仕事であることを確認して、今に至る。

「世間一般では、穀潰《ごくつぶ》し以外働いている時間帯なのよ。服も靴も買わなきゃだし、何より食は健康の基本よ。ただでさえアルドって顔色悪いもの。まあ、万年寝不足のせいもあるんだろうけど。人より体力必要なんだから、食べなきゃ死んじゃうわよ？」

「俺《おれ》の中には悪魔がいるので、簡単には死にませんよ。三日三晩食べなくても、腹は減りませんでしたし」

ただ、事実を口にする口調で淡々と言われて、ニーナは少しだけ黙った。食べなくても平気だと告げるアルドは、人であることから一歩離れてしまったように見える。

飲み物ばかりで、買い置きの食べ物がほとんどなかった台所が頭に浮かんで、思わずアルドの腕をつかむと、驚いたようにまばたく琥珀色《こはくいろ》の瞳《ひとみ》と目があった。

「ご飯、たくさん作るわ」

「………………」

アルドはちょっと首を傾《かし》げてニーナを観察すると、視線をそらして歩きだした。ニーナの手から、アルドの腕がすり抜ける。

「あなたといい、サミアといい、どうしてそう人を太らせようとするんですか？　俺の美しさを妬《ねた》んでいるんですかね」

たぶん、こちらの意図を察したうえで、あえて的外れなことを呟《つぶや》くアルドにほっとしながら、ニーナもアルドの後へ続く。

「筋肉は必要だと思うわよ。アルドって細すぎるもの」

「悪魔のせいで膂力《りょりょく》は向上しましたよ」

「見かけの問題よ」

軽口をたたきながら歩いていると、遠くで鐘の音が聞こえた。ウズンに教会はあるが、時刻を知らせる鐘撞《かねつ》き堂はないとアルドに説明されている。時鐘《じしょう》は山裾《やますそ》のマタル市内の鐘の音に耳を澄ませるしかないらしい。

すらりとした背中を追いかけながら、ニーナは周囲の景色を目で追った。日の光の下で見るそこには、犯罪者がごろごろしているような暗い町の雰囲気はない。

もちろんこの隠し里はバルク山脈の山中にあるので、地面が傾斜していたり、平地より道が狭かったりする。だが、荒いながらも道は石畳だし、二階以上の建物も整然と並んでいた。似た建物が多く、案内がなければ、あっと言う間に迷子になりそうな印象は、夜と変わらない。

「下手をするとマタルより豊かな町ね」

「貧民街はありませんから、ある意味そうでしょうね」

まず伝手《つて》がなければウズンの町がどこにあるかわからないし、偶然見つけられたとしても金がなければ入れない。仮に町に入った時に金銭がなくなったとしても、使い捨ての下っ端の悪党を利用したがる犯罪者がごろごろといるので職にあぶれることもない。

「利用価値がなくなった人間は、殺されたり、町からたたきだされたりするので、物乞《ものご》いにすらなれないんです」

弱い者は利用して切り捨てて、そうやって繁栄してきた町がウズンなのだとアルドは言う。

「……恐《こわ》い町ね」

「住民のほとんどが犯罪者であるということを忘れず、ルールを守ればそれなりに住みやすいですよ。サミアのお膝元《ひざもと》なだけあって、おおっぴらな詐欺とかはほとんどありませんしね」

「おおっぴらじゃなければあるんだ。サミアが管理しているのに」

言葉尻《ことばじり》を捉《とら》えたニーナに、アルドは小さく笑った。

「多少は。期間限定の闇市《やみいち》と違って、こちらは生活している場所ですからね。延々と住民を監視するようなサミアでは、物流が止まってしまいますよ」

「ふぅん。サミアに一筆書いてもらって正解だったわね」

この町のルールを聞きながら、古着を扱っている店に立ち寄り、靴とドレスを売り払って念願の女物の衣服と靴を購入したニーナは、ようやく男物の衣服から解放された。

長袖《ながそで》の白いブラウスに、花の刺繍《ししゅう》の入った赤茶のベスト、白い前掛けや、裾《すそ》に刺繍のあるロングスカートは、ラムス地方の平民の娘がよく着るものだ。スカートと揃《そろ》えたカチューシャをつけて、踵の低い靴に履き替える。

「普通ですね」

「うるさいな。普通でいいのよ」

アルドの台詞《せりふ》に多少へそを曲げはしたものの、慣れた姿はやはり落ち着く。古着屋のおじさんが預かってくれるというので、今まで着ていたアルドの服と、着ているものと一緒に購入した衣類はお店に置いてもらって、買い物帰りにまたそこに寄ることにした。

さすがに食料品の並ぶ通りはほかとは違って活気があり、町の門の正面ということもあって、道幅が広い。基本的に食材を売っている店は、ほとんどが露店売りだ。店舗を構えているのは、食堂や総菜屋、そして酒場が多かった。

野菜の集まる露店売り場をざっと確認して、ニーナは籠《かご》に盛られたトマトの前で、思わせぶりに立ち止まった。

「トマト五つで一銅貨《カバー》ね。うーんまあ、妥当だけど……どうしようかなぁ」

「妥当？　大サービスだよ？」

「ここの傷がついているやつ買ってあげるから、六つで一カパーにならない？」

「まあまたご冗談を。この張り艶《つや》と大きさを見てみてよ、お嬢さん。多少の傷があるからこの値段なんだよ」

「あら、ここでは平気で傷物の野菜を売るのかしら？」

無邪気を装って小首を傾げたニーナに、笑顔で応じた店主の目が光る。

値段交渉という名の戦闘開始だ。

小娘だとなめてもらっては困る。こちらは大の男が集まる台所を任されて何年も経《た》つのだ。相場がつかみきれないぶん、多少こちらが不利だが、交渉のやり方はどこも大差ない。

最終的にトマト六つとパプリカ四つ、タマネギ三つとオレンジ一つを三カパーで手に入れたニーナは、いつの間にか周囲に集まっていた野次馬たちに称賛の拍手をもらった。

もちろん荷物持ちは男の役目である。購入した荷物を受け取ったアルドは、ため息交じりに問いかけた。

「買い物一つに時間をかけすぎでは？」

「わたしは安く食材が手に入る。あちらは客がたくさんくるで、いいことずくめでしょう？」

交渉ついでに、置いてある野菜の褒め言葉を口にしたのもあって、店主の機嫌はいいし、それを聞いていた野次馬も、そんなにいい野菜なのかと客に変わる。中にはニーナの真似《まね》をしようとする面倒な客もいるかもしれないが、結果として店側の実入りはいいはずだ。

「顔を覚えてくれたはずだから、次からもサービスしてくれると思うわよ」

「そうですか」

いかにも義理といった相づちを聞いて、ニーナはぴたりと口を噤《つぐ》んだ。

(プライド高いし、たぶん、こういう値引きとかしたことない人なんだろうなぁ)

なんとなく、こういった交渉はみっともないと思っていそうだ。

(別にいいけど……)

トマトとパプリカとオレンジを、それぞれ一つずつおまけしてもらった高揚感と達成感が、急速にしぼんでいく。

「あと何を買うんですか?」

「ひよこ豆と、鶏肉《とりにく》と明日のパン……くらい」

「豆類ならむこうですかね」

(……値引きしないほうがいいのかしら?)

一応了承を取っておこうかとニーナが口を開いた時、別の声が彼の名を呼んだ。

「アルド?」

少し掠《かす》れてはいるが、女性の声だ。

はじかれたように、琥珀色の瞳がそちらにむかう。

「何をやってるんですか！」

まるでニーナの存在を忘れてしまったかのように、彼は迷わず声の方向に足を進めた。

「いや、ウズンに入ったら人が集まっているのが見えたから、何かなと……」

ちょっとだけ照れたように笑うその人は、お世辞にも美女ではなかった。ふわふわと風に揺れる黄色に近い金色の髪は短く、アルドと変わらないほど背が高い。男物の衣服を着ているため、遠目からは細身の男性に見える。

しかし近づけば誰《だれ》も彼女の性別を間違わないだろうと断言できた。まず体型からして男性とはまったく違う。

（……男装の意味、あるのかしら？）

男物のシャツを大きく突きあげている迫力のある胸を前に、そんな疑問が湧《わ》いてしまった。腰のくびれは服の上からでもはっきりとわかる。頬《ほお》にはソバカスが散っているのに、首から胸元にかけての肌は、うっとりするくらい滑らかだ。

長い手足が踊るように動いて、当たり前のように彼女の手がアルドの肩に留まった。

「ちょうどお前に会いにいくところだったんだ」

表情豊かな唇が、慣れた仕草でアルドの頬に触れる姿に、不埒《ふらち》な想像をしそうになって慌てて頭を振っていると、水色の双眸《そうぼう》がニーナを見つけた。

「お。この間の女の子だね。無事だってことは、あれは落とせたのか？」

口ぶりからして、彼女はアルドの中の悪魔の存在を知っているらしい。

「いいえ。眠れただけです」

「眠れただけ？」

「ええ。眠れただけ。久しぶりにぐっすり眠りましたよ」

「そうか……まあ、眠れただけでも多少はよかったな。あとで説明してくれ」

ぽん、ぽんと、アルドの肩をたたいて、彼女はこちらを振り返った。

明るくて大きな瞳がニーナを映していることに、なぜだか心臓が跳ねる。性別を感じさせない笑顔は人なつっこく、とても温かい。

（ああ、わかった……ためらわずに、まっすぐ人の目を見る人なんだわ）

だから心の奥底まで見透かされたようでドキドキするのだとニーナが納得した途端、頬にキスをされた。

「あたしはクロエ。よろしくね」

「…………ニーナ」

一瞬で顔を赤くしたニーナが、かろうじて名乗ると、クロエは楽しそうに笑みを深めた。

「可愛《かわい》いなぁ。アルドにあげるのがもったいないよ」

なんとなく彼女の側にいるのが嫌で、ニーナは後退した。

「で、何をしにきたんですか？」

横からアルドが口を挟んでくれたおかげで、クロエの視線がそちらに戻る。

「もちろんお前の現状の確認と、こっちの現状の報告だ」

現状の確認と口にした時に、再度ちらりとこちらを流し見られて、ニーナはこそこそとアルドの背中に移動した。

「あれ。わりと女の子には好かれるほうなのに、嫌われたかな？」

「節操がないのを見抜かれたのでしょう。ニーナ、雑穀の類《たぐい》はあのへんに固まっていますから、ひよこ豆でもなんでも好きなだけ買っていってください」

革袋を渡された。重さからして中身は銅貨だろう。

「買い物ぐらい一人でできますね？　少しクロエと話してきます。終わったら迎えにいきますから、人混みの中にいてください。俺が見つけだします」

クロエが何者かはわからないけれど、アルドの現状を確認するのなら、たぶん悪魔や総督に関係する話だろうし、互いの情報交換に、人目につかないところが必要なのだろう。

ニーナがその場にいても意味がないから、買い物をするのならば一人でしておくようにとの意図はわかる。ただ、アルドにはニーナと一緒に買い物をしたくないという理由も、少しだけあるような気がした。

「わかった」

了承はしても、アルドから離れるのは、ちょっとだけ心細かった。態度にそれをだしたつもりはないが、まるでニーナの感情が見えたかのように、ふっと小さく笑われる。

「俺がいないと寂しいですか？」

「そんなわけないでしょう！　どこへなりとも好きにいけば？」

威勢よく告げて、そっぽをむいたニーナは、そのままアルドが指さしていた方向に足を進めた。アルドの密《ひそ》かな笑い声が背中から聞こえてきて、それが消えるまで歩調を早める。

「おじさんひよこ豆ちょうだい！」

雑穀を売っている店舗は、すぐに見つけることができた。だが、なんとなく先ほどのように値段交渉をする気にはなれなくて、店主の要求する代金どおりにひよこ豆を買ってしまう。

買い物が終わってしまった。

（ええと………どこが安いか吟味しないと、早く買い物が終わるのね）

当たり前のことを内心で呟きながら、少し途方に暮れる。

人混みの中にいろとは言われたが、黙ってここに立っているのも人の迷惑だ。

（鶏肉を買いにいこうかなぁ……でも、はぐれたら困るし）

せめてどのあたりに生肉の類があるのか確認しようと、ニーナは道の端に寄って、奥の様子を見た。肉屋は逆さにした鳥を吊《つる》したりしているので、遠目からでもわかりやすい。

「……あった――っ⁉」

見つけたと思ったその瞬間、大きな手に顔半分をふさがれた。全力で暴れたニーナの抵抗は、力ずくで押さえられる。ひよこ豆を入れた紙袋が落ちて、音を立てて中身がこぼれた。

(なに？　何っ？)

ばたつかせた足は、片手で一抱えにされた。

口と鼻を同時に押さえている手に爪《つめ》を立てたが、無視される。

声を封じられてから裏路地に連れこまれるまで、ほんの数秒だった。

息苦しいほど押しつけられた手が離れたと思ったら、顎《あご》をつかまれて、顔をあげさせられる。

「《白鴉《びゃくあ》》の歌姫だな？」

確認の声は、ニーナにむけられたものではなく、そこにいた男にむけられていた。

「……ああ、間違いない」

正面の男を見て、ニーナは目を見開いた――《白鴉《びゃくあ》》に入りこんでいた、潜入捜査官だ。

「あなた……」

警備隊が押しかけてきた時、ニーナを逃がしてくれたのはこの男だった。精霊石は盗んだと告げて、ニーナを絶望に落としたうえで彼は続けた。

『君は犯罪にかかわっていない』

他の仲間は見逃せないけれど、精霊石を取りあげてしまえば、ニーナは普通の女の子だから……普通の女の子として生きるのなら、見逃せると。

迷うニーナの背中を押したのは、ニーナを助けにきた父だった。


『いつも言ってるだろう？　お前は普通の女の子として生きていい』


ニーナを逃がすなら、抵抗なく捕縛されようと父は言った。いざという時の秘密の通路に、しばらくの間気づかなかったことにすると潜入捜査官は告げた。

短い間、仲間だった男は、よく笑い、よく食べた。

警備隊が押しかけてくる前日に、盗賊団の頭領の娘という立場はつらくないのかと訊《き》いてくれた。逃げてしまえと父に言われていると教えたら、驚かれた。

優しい男なのだと、そう思っていた。

「なんで？」

どうしてウズンにいるのか、どうしてニーナの人相を確認しているのか、どうしてそんな感情を殺した目でニーナを見るのか、すべてわからない。

「ごめんな。お嬢」

「なんで謝るの？」

ニーナの両手が荒縄で拘束された。広げられた麻袋は、ひと一人簡単に入れるだけの大きさがある。

「入れ」

ニーナを連れてきた男がナイフをかざす。

恐い。

迷い、怯《おび》えながら、ニーナは目を奔《はし》らせた。正面に一人、背後に二人。刃物を手に持っているのは一人だけだけど、他の人間も何か持っているかもしれない。

(潜入捜査官がいるってことは、この人たちも警備隊？)

「大人しくしていれば、手荒なことはしない」

『ラムス地方総督のグラーブ・マブナーが、お嬢ちゃんを捜してるぜ』

サミアの言葉を思いだす。大人しくしていれば、たぶんニーナはグラーブの元に連れていかれるのだろう。

(兵器扱いは嫌)

精霊使いに薬を使っても意味はないから、無理やり意思を曲げられることはないけれど、アルドを悪魔憑《あくまつ》きにしたような男に利用されたくはない。

でも、このまま抵抗していては、やがて殴られるだろう。

震えながらも、必死に抵抗しようとしていたニーナは、次々と浮かんだ可能性を手早く手にとって、決めた――力を抜く。

「……わかった。従うから、もう少し縄をゆるめてくれないかしら？　痛くて血がでそう」

俯《うつむ》いたまま、弱々しく懇願すると、男たちが目配せをしあったのがわかった。

「麻袋から血がでていたら、さすがに目立つのでは？」

潜入捜査官の一言で、男たちの相談は終わったらしい。ニーナの手首に巻かれていた荒縄が解《ほど》かれた。

ほっと息をつきながら、ニーナはくるりと振り返って、知りあいの男を見あげる。

「ありがとう。すごく痛かったの」

「……悪いけど、拘束はさせてもらうよ」

「えー」

何もわかっていない子供のように唇を尖《とが》らせて、ニーナは一歩、そこから下がった。

「その縄は痛いから嫌だわ。見てよこの手首」

赤くなった手首を見せて、更に一歩。

「従うって言っているんだから、それはいらなくない？　というか、歩いてついていけばいいでしょう？　袋の中に入るのは、物になったみたいで嫌」

一歩。

真横に、ナイフを持っていた男が立っている。

「おい」

さすがに自由にさせすぎだと苛立《いらだ》ったのだろう。男はニーナの肩をつかもうとした——瞬間、ニーナは低くその場に屈《かが》んで男の膝裏《ひざうら》を蹴《け》った。

「うわっ！」

普通の娘だとニーナを軽視していた男は、ふいをつかれて体勢を崩す。それを確認する余裕もなく、ニーナは通りにむかって全力で走った。

「誰かっ！」

建物の隙間《すきま》のむこうに、ニーナがいた通りがある。

ニーナの声に驚いたのか、それとも別の理由からか、歩いていた男が転んだのが見えた。

「うわっ！」

「ははっ。みっともねえな。突然転ぶなよ」

「ひよこ豆のせいだよ！　誰だ散らかしたの！」

この町の住人らしい男が、荒々しく毒づいているのが聞こえる。同行者にからかわれているようだ。ニーナはそちらにむかって手を伸ばした。

「そういえば、女の声が聞こえなかったか？」

「なんて？」

「『誰か』って、なんかこう……助けを求める感じで」

「どこから？　つーか、この町でそんなのとかかわろうとするなよ」

追いつかれた男たちに口をふさがれて、物陰につれこまれたニーナの姿は、もう表の通りから見えない。

「お前が甘やかすからだ。こいつは《白鴉《びゃくあ》》の頭領の娘だぞ」

汚い路地にうつぶせに抑えこまれて、口にごわごわしたものを押しこまれた。後ろに回された手は、先ほどよりきつく拘束される。

（いや）

腰を抱えられて、足が麻袋の中に入った。

（嫌）

頭を押されて、麻袋の中に膝をつく。

（嫌っ！）

麻袋を蹴るようにして暴れると、苛立ったように顔を殴られた。二度。

「おい！　丁重に扱えと言われただろう！」

「ならこいつを大人しくさせろ！」

ニーナの髪をわしづかみにして、再び麻袋に入れようとしている男は、先ほどニーナが蹴りを入れた相手だ。

「代わりましょうか？」

涼やかな声が、男の背中から聞こえた。

（アルド？）

ニーナが驚くのとほぼ同時に、つかまれていた金茶の髪が解放される。

アルドの声にぎょっとして振り返った男が、一撃で殴り倒されたのだ。ぐいぐい押されていた力が急になくなったニーナは、バランスを崩してたたらを踏んで、さして鍛えているとは思えない腕に支えられた。両手の拘束が解かれ、噛まされていた布を自ら外す。

「まったく子供じゃあるまいし、手間を――……」

たぶんいつものように、偉そうな態度で文句を言うつもりだったのだろう。だが、アルドは顔をあげたニーナを見た途端、不自然にその言葉を切った。息を呑《の》んだらしい。


ドフッ！


ふいに視界がぶれて、足許から鈍い音が聞こえた。一拍遅れて、ニーナを抱きあげたアルドが、先ほど殴り倒した男を蹴りつけたのだとわかる。

さすがに気を失った相手にそれはひどいのではないかと思ったが、アルドを止める前に遠ざかる二つの足音が耳に入って、そちらをむく。

「見捨てますか。まあ、どうせ女性の髪をつかんで、無理矢理あんな汚い袋に入れようとする輩《やから》ですからね。ドブネズミ並みの人間性なのでしょう」

ニーナを地面に下ろしたアルドは、ニーナがふらついていないのを確認してから、そっと手を離した。彼がちらりとニーナの背後に目を走らせたのがわかったので、つられて振りむくと、そこにはクロエがいた。

笑顔を作りかけて止《や》めた彼女は、心配そうにニーナに駆け寄ってくる。

「大丈夫かい？　ああ、これは早く冷やさないと腫《は》れるなぁ」

ニーナの頬に気づかれてしまったらしい。そんなに一目でわかるほどひどい顔になっているのだろうかと、熱を感じる頬に両手をあてたら、じんと痛んだ。

「……アルドが切れるはずだよ」

「切れる？」

きょとんと問い返すと、クロエが答える前に男の悲鳴が裏路地に響いた。そちらを見れば、ついさっき逃げだしたはずの二人の男が、アルドにぼこぼこにされている。

「ちょっ、アルド！　駄目、止めて、死んじゃう！」

ニーナの言葉にアルドが攻撃を止め――一拍を置いて、それぞれ一撃ずつ蹴りあげた。

「殺すようなへまはしませんよ」

「それにしたってやりすぎだわ！」

顔色を失いながらも、まっさきに顔見知りの潜入捜査官に駆け寄り、呼吸を確かめる。

(よかったぁ。生きてる)

手持ち無沙汰《ぶさた》に、ニーナの様子を眺めていたアルドが、不機嫌そうな低い声で問いかけた。

「……知りあいですか？」

「うちの盗賊団を壊滅させた潜入捜査官よ」

答えてから、はっと口に手をあてる。こんな町で警備隊がいると口にするのは危険だし、彼らとかかわりがあると思われるのも危険だと警戒したのだが、クロエは両方の手の平をニーナに見せて、なだめるように告げた。

「ああ、気にしないで。事情は知ってる。今は軍服を脱いでるし、君は盗賊団の家族であって一味じゃない」

「いや、わたしが気にしたのはそこじゃ……――って、軍人だったの!?」

どおりで『なんとなく嫌』だったはずだ。ニーナにとっては天敵である。

「気づいてなかった？　この間も会ったのに、つれないなぁ」

そういえば、出会い頭に『この間の女の子』と呼ばれた気がする。

「…………軍人、女性…………あの少尉？」

引っ張りだした記憶に、愕然《がくぜん》とする。顔なんてろくに見ていなかったけれど、思い当たる人物は他にいない。

「なんでこんなところに士官がいるのよ！　部下は？　中央治安軍がなんでっ!?」

自分が捕まることはないとわかっていても、反射的に腰を引いてしまうニーナに、落ち着けとクロエが仕草で伝えた。

「アルドに会いにきたんだよ。ニーナちゃんが無事なのを確認する意味もあったけど……別の意味で無事じゃないとは思わなかったな。ひよこ豆で転んだ男がいて助かったよ。この町は隠れる場所が多すぎる」

よしよしと、ニーナの頭をなでて、更に抱きつこうとするクロエの腕を、いつの間にか近くにきていたアルドがはね除《の》けた。

軽く両手をあげたクロエの前で、アルドはニーナを見下ろした。

「顔の他に怪我《けが》は？」

「ええと……」

強くつかまれたり、荒縄で縛られたりして、手首は真《ま》っ赤《か》になっている。反射的に隠そうとしたニーナだが、目敏《めざと》く見つけられた。

「こそぎ落としたほうがよさそうですね」

「何を!?　というか、もう充分だから！　十倍返し以上になってるから！」

倒れている警備隊員たちを振り返ったアルドと、彼の腕に全力でしがみついてそれを止めようとしているニーナの背後で、感極まったような声が響いた。

「アルドが……アルドが人並みに人のことを心配した！」

アルドとほとんど同時にクロエを振り返れば、なにやらキラキラした目でこちらを見ていた。

「アルドが……アルドが人のために怒った！」

「あの程度の輩に自分の枕を傷つけられたから、相応に報いを受けさせたいだけですよ」

きっぱりとニーナを人間扱いしていない台詞だったが、クロエは聞いていなかったらしい。

「無駄に顔がよくて、無駄に有能なせいで、無駄にプライドが高くなったのが災いして、とにかく自己中で、利己的で、人を見下してて、人に物を頼めない社会不適合者だから、絶対に使用人以外の他人と暮らせるわけない。あたしだったら死んでも嫌だと思っていたのに……人って、成長するんだなぁ」

「クロエ、ちょっと話をつけましょうか」

額にくっきりと青筋を浮かべたアルドがクロエに詰め寄る後ろで、ニーナは遠い目で呟いた。

「……悪魔のせいであの性格になったわけじゃなかったのね」

「ああ。元から元から。貧乏貴族なクセして厳格な家で育ったからねぇ」

クロエを捕まえようとするアルドの手をひょいひょいとよけながら、彼女は朗らかに笑った。

悪魔憑き相手に、あれだけ動けるのだから大した人物だ。

「ちなみにどんなご関係？」

「親同士がお友達ってやつだよ。腐れ縁、腐れ縁。安心した？」

「いや、話の流れでちょっとだけ気になっただけだから、別に安心はしないけど」

即座に否定したニーナだが、どうやら彼女の耳には歪《ゆが》んで聞こえたらしい。

「あー。やっぱり、これっくらい気が強くないとアルドの世話は無理だよなぁ。よかったな、アルド。きっとニーナちゃんなら、お前を真人間にしてくれるぞ!」

「俺はすでに真人間です! 自分の世話は自分でします。仮に侍《はべ》らせるとしても、ニーナでは俺につりあいません」

「あたしがニーナちゃんに抱きつこうとしたら、嫌がったクセに」

「自分の枕を傷つけられたり、勝手に抱きつかれたりしたら、誰だって嫌でしょうが!」

(なんとしてもわたしは枕だと主張したいわけね……)

正面から人格を否定されたのだから、怒ってもいいと自分でも思うのだが、アルドとクロエの迫力に押されて、なんだか毒気が抜けてしまった。

(楽しんでいるみたいだし、放置しておいたほうがいいかな……少しほっぺた痛いけど)

自分でも腫れてきたなとわかる熱を、そっとなでたら、アルドがこちらにやってきた。

「なに?」

「冷やすのが先でしたね。近くにサミアの側近の酒場があるので、そちらに移動しましょう。あの大きさの酒場なら、冷凍室があるはずです」

まるで人形か、幼い子供のように、ひょいと抱きあげられる。

「歩けるわよ」

「ニーナは一人にしたら、誰かにさらわれてしまいます」

「今は一人じゃないじゃない」

「あなたより俺のほうが足が長いから、早く着きます」

心なし強めに抱え直されて、ニーナの頬が赤くなる。

「そんな大げさな怪我じゃないわよ？　ちょっと腫れてきただけだもの」

そう言っているのに、大股《おおまた》で歩きだされた。にやついたクロエの視線を感じる。大通りにでたら、もっと多くの人間の注目を集めてしまう。

「荷物……」

「盗まれてなかったら、路地の入口にありますよ。俺は両手が塞がっているから、クロエが運んでくれるでしょう」

ちらりとそちらに顔をむけたら、クロエが無言で大きく頷《うなず》いた。

「ええと、あの人たち……」

「すぐに起きだせるような甘い殴り方はしていません。酒場で誰かに声をかければ拾ってきてくれるでしょう。俺の顔を見られたから、どうにかしないといけませんが……」

どんな殴り方をしたのだとか、どうにかって何をするつもりだとか、訊きたいことはあったのだけれど、もう大通りが近い。

恥を忍んで、ニーナは訴えた。

「このまま人目にでるのは恥ずかしいの」

「少しは考えてください。恥ずかしいのなら、顔を伏せていればいいだけでしょう」

即答である。顔を真っ赤にして訴えている年頃《としごろ》の娘の心情など、欠片《かけら》たりとも理解する気のない無慈悲な台詞に文句を言おうとした時、アルドのつま先が大通りにかかった。

頭上から降りかかる真昼の陽光に、四方から届く雑踏。誰もが自分に注目しているように感じてしまって、ニーナは慌ててアルドの首にしがみつき、折り曲げた自分の腕と、アルドの肩を盾にして顔を伏せた。

「アルドの馬鹿《ばか》」

まるで自分が子供になってしまったようだ。

顔を伏せたまま、こもった声で小さく呟くと、なんだか甘えたような声になってしまって、恥ずかしさに拍車がかかる。

(オークションの時とか、ウズンにいく時も、こうやって運ばれてたのに……)

あの時よりも恥ずかしいのは、太陽の下だからだろうか？

(なんか体温近いし、声も近いし。本当に下りたい)

まるでニーナの心の声が聞こえたように、雑踏の中でアルドが止まった。何か障害物があっただけかもしれないが、顔を伏せているニーナからは確認できない。

「……………命令はしないんですか？」

質問というよりも、何かを試すような声だと思う。

赤くなったニーナの耳に、囁《ささや》くように問いかけるのは止めてほしい。

「命令されて、強制的に身体が動くのは気分が悪いでしょう？」

「……………だから俺に命令をしないんですか？　自分の主張はしても、意識して何か頼んだりしなくなりましたね」

「命令されたいわけじゃないでしょう？」

「当然です。ただ、今朝《けさ》だって『買い物にいきたい』と訴えるより、『買い物に連れていけ』とか、『買い物をしてこい』と俺に命じたほうが早かったでしょう？」

本当に不思議そうに問われて、なんとなくわかった。

――どうやらアルドには、自分がそれなりにひどいことをしている自覚があるらしい。

理不尽なことをしている自分に、ニーナが気を遣うのが解せないのだろう。

「どうせ命令したって自分の意思は通すじゃない」

「俺が自分の意思を表にだす前に、あれしろこれしろと命じればいいでしょう？」

「言ったと思うけど、人を奴隷のように扱う趣味はないの」

「……………言葉一つで何でも言うことを聞く、美しくて、強くて、優秀な男がいるのに？」

うぬぼれた台詞に、思わず笑ってしまう。

「命令しろと言っているように聞こえるわ」

「俺に命令しないのは理解できないと言っているだけですよ」

ちょっとだけ、ニーナの言うことになんでも従うアルドを想像してみた。だが、彼に何を命令すればいいのだろう？　もちろん、手錠とか、やってほしくないことはあるけれど……どう転ぶかは実証済みだ。

「何が言いたいのか、よくわからないの」

「そうですね。顔を伏せていれば、人にじろじろ見られていてもかまわないらしい、自分しか見えていない人にはわからないでしょうね」

そういえば、大通りの中で、アルドに抱きかかえられていたのだと思いだし、考えないようにしていた周囲の雑踏を意識する。

「自分勝手さにかけては、アルドに言われたくないわ！」

怒鳴っても、アルドの足は動かない。

「…………歩いて」

屈辱的な気分でアルドに命じると、彼はすんなりと歩きだした。命令に従ったのだから、彼の意思で止まることもできるはずだが、止まらない。

わけがわからなかった。これでは、本当に命令してほしかったようではないかと思って、思考が止まる。たどりついた可能性にまさかと迷いながら、そっと尋ねた。

「もしかして、『些細《ささい》な希望なら、あなたに言ってもいい』とか言ってるの？」

「些細だろうと、小娘に命じられるのは不愉快です」

本当にわからない。

困って黙ると、しぶしぶアルドは続けた。

「でも、どうしてもやってほしいことがあるのなら、人としてちゃんと言うべきです。『誰か』ではなくて、『アルド、助けて』です。あなたの命令なら、きっと俺に届きます」

最終的に彼が言いたかったのはそれだろう。

(わかりにくい。面倒くさいわ！)

たぶんニーナを心配して、側を離れたのを後悔したのだろう。『俺にそこまで気を遣うな』と遠回しに言いたいらしい。

どんな顔をして伝わりにくい言葉を口にしたのか気になって、そっと顔をあげてみたら、眉《み》間《けん》にくっきりとしたしわを刻んで、秀麗な顔をしかめていた。不機嫌そうだ。

「気を遣って『誰か』と叫んだわけじゃないわ。そもそもあれ聞こえてたの？」

「ひよこ豆に転んだ男がそう言ってました……俺には、聞こえなかった」

自分を責めているように見えた。ニーナを抱きあげている手に、わずかながら力がこもったのがわかる。

言葉よりも雄弁な仕草に、ちょっとだけドキドキした。

「心配したなら、そう言えばいいのに……」

「自分のこれからの睡眠事情を心配しただけで、ニーナを心配したわけではありません。まして感謝なんか求めてませんよ。すべては自分の行いの結果ですから」

言われてはじめて、自分がお礼の言葉を口にしていないと気がついた……もしかして、それにもすねていたのだろうか？

（意地っ張り。わたしより年上のくせに）

いい人だと思われたくないと主張しながら、自分のいいところには気がついてほしいらしい。感謝はいらないと言いながらも、いざその言葉がないと寂しいようだ。

言葉の伝え方を知らない、子供みたいだ。

「……言うのが遅れたけど、助けてくれて、ありがとう」

「…………別にお礼を言ってもらいたくて、助けたわけじゃありません」

言葉とは裏腹に、アルドの口許《くちもと》が笑みを堪《こら》えたように震えたのを目撃してしまう。頬が少しだけ赤くなっていて、作り物めいた秀麗な顔が、生き生きとした少年のように見えた。

（…………）

苛々《いらいら》する面倒くささを突き抜けて、いっそ可愛く思ってしまいそうだ。馬鹿じゃないのと、憎まれ口をたたきながら、アルドを抱きしめたくなる。そしたら彼は、一体どんな反応をするのだろう？

「理解しましたか？　ニーナは俺の枕なんですから、俺に助けを求めればいいんです。怪我をしてもいけません。早く治してください」

偉そうな口調だが、内容はニーナを心配していると告げるもので、なんだか笑ってしまう。

「そういう場合は、『危険な目にあったら、絶対に俺を呼んでください』って言うのよ」

「『危険な目にあったら、絶対に俺を呼んでください』」

繰り返された言葉が、ニーナの命令によるものか、彼の意思かはどうでもよかった。

互いに張った意地を少しだけはがして、微笑んだニーナは頷いた。


「はい」


「…………」

アルドが息を呑んだのがわかった。まるではじめて何かに気がついたようにまばたく。

「素直ですね。俺に惚《ほ》れたんですか？」

「どうして惚れたになるのよ！」

「ニーナの危機を救った強くて美しくて有能な、立派な青年……恋に落ちても仕方ありません。不可抗力というものですが、俺にとってあなたはただの枕です」

「うっわ。台無し」

忘れかけていたクロエの呟きに反応して、アルドはふいに背後にむかって蹴りを放った。当然人混みの中である。

「あっぶないなぁ！」

うまくよけたクロエが文句を言うと、涼やかな顔をしたアルドが冷然と告げた。

「にやつかないでください。不愉快です」

「やだな。にやつくわけないじゃないか。そもそも照れ隠しにあたしを攻撃するのは止めてもらおうか。面倒くさい。ニーナちゃんだって、びっくりするじゃないか。ねぇ？」

こくりと頷くと、アルドは小さく舌打ちした。歩きだす。

大きな酒場が目と鼻の先にあって、そこがアルドの目的地だった。

開店前だからか、椅子《いす》はすべてテーブルの上に逆さに置かれて、がらんとしている。酒場の奥の調理場を抜け、廊下の奥へ案内されると、応接室に通された。

サミアはいなかったが、側近だという壮年の男はそこにいて、アルドはもちろん、クロエも顔なじみらしかった。命じるのに慣れた口調で、クロエが事情を説明し、若い男が何人か、路地に放置したままの警備隊員たちを拾いに飛びだす。

「持ち物の何点かを闇市に流してくれ。運よくあちらに見つけられたら、タチの悪いのに襲われて、身ぐるみはがされたと思ってくれるだろう」

立場としては地方警備隊のほうに近い女性の言葉に、側近は腰を低くして了承した——たぶ

ん、彼女の職業を知っているのだろう。

「バラしますか？」

警備隊員たちの処遇について、側近は顔色一つ変えずに尋ねた。『バラす』とは『殺す』の隠語だ。

「公人にそんなことを訊かないでくれよ」

使用人の一人から濡《ぬ》れたタオルを受け取ったクロエが、まるで冗談でも聞いたように笑った。だが、顔色を変えたニーナに気づいたらしく、すぐにその笑みを柔らかいものに変え、ソファに座ったニーナの頬にタオルをあてる。

「餌代《えさだい》はサミアがだす。一、二ヶ月でいいから、面倒をみてくれ」

ニーナはほっと息をついた。裏切り者というか、はじめから裏切るために盗賊団に入った男だが、それでも死なれるのは気分が悪い。

「…………サミアとも知りあいなんだ」

濡れたタオルを受け取って、両頬にあてながら、確認を取る。ニーナに隠すつもりはないのか、クロエは「うん」と、あっさり肯定した。

「アルドつながりで、協力態勢をとっているんだ。あいつから悪魔を落とすまで、一、二ヶ月の予定だけど」

「何をするつもりか聞いてもいい？」

「駄目。ごめんね」

父たちもニーナに仕事の内容を話してくれなかった。のけ者にされることには慣れている。

引くべきだと思ったけれど、それでも力になりたかったから、思い切って口を開いた。

「一応訊くけど、アルドの枕以外に、わたしが手伝えることってある？」

「……――」

「クロエ」

何か言いかけたクロエを、アルドが制した。彼女は戸惑うようにニーナとアルドの顔を見て、肩をすくめて黙りこむ。

「やれることがあるならやるわよ？　わたしにできることがあるんでしょう？」

クロエの反応からそう判断したというのに、アルドは冷然と告げた。

「誰かにさらわれて、俺の手を煩わす以外、あなたに何ができるというんです？　精霊石だって、ここにはないのに。ああ、料理とか家事とかですか？」

「………」

それ以外でも何かができると言いたかったけれど、できることが思い浮かばずに言葉を失う。

クロエに目をむければ、心配そうな、哀れむような目をむけられていることに気づいて、なんだかいたたまれなくなる。けれど、黙っているのも苦痛だ。

「わたしも……何か助けになりたいと思ったのよ」

勇気を振り絞って紡いだ言葉は、馬鹿にするような冷笑で吹き飛ばされた。

「ニーナができることなどたかが知れています。あなたの役目は、夜に俺の側にいることだけですよ」

アルドの嫌味には慣れたはずなのに、拒絶の言葉に胸が痛んだ。

何もするな。枕としての役割以外求めていないのだと、念を押されることで、ほんの少し縮まったと思った距離が、また開いたのがわかる。

(言うんじゃなかった……)

アルドのことが、おぼろげに理解できたような気がして、実は彼にも優しいところがあるのではないのかと思ったばかりだったから、余計に勘違いをしてしまった自分に嫌悪感がつのる。

(馬鹿みたい。アルドがそんな男だってわかっていたのに、何を期待したんだろう?)

少しでもアルドに対して温かい気持ちになった自分が、とんでもない愚かな女に思えた。アルドにとってニーナは必要な存在だけど、ニーナがニーナだから、必要なのではないのだ。仮にニーナが精霊使いでなかったら、共に寝れば悪魔の出現を抑えられるという条件がなければ、歯牙《しが》にもかけない存在なのだ。

(馬鹿みたい……力になりたいなんて、思うんじゃなかった)

自己嫌悪に苛《さいな》まれながらも、アルドの前で泣くことだけは絶対にしたくなかったから、ニーナはぐっと奥歯を噛《か》みしめて、無言を貫いた。

いっそアルドを見捨ててしまおうかと思ったけれど、相変わらずニーナには帰る場所がないし、彼の嫌味はいつものことだ。

（わたしができることが、枕代わりと家事っていうのも、本当だったりするのよね……）

嫌な気持ちは残っていて、たまに爆発しそうになるけれど、表面的には奇妙なほど平和な生活が続いていた。

◆

もちろんグラーブがニーナを狙っていることは変わらないので、外出は厳禁。買い物はアルドと共にが原則。そして、サミアの側近の指示により、家の周辺にはそれと知られないように護衛が配置されている。多少窮屈だが、その窮屈さのおかげで、一週間経ってもニーナの生活が脅かされたことはない。強いていうなら、家主が脅かしている。

（『便利屋』とか呼ばれてたけど、どんな仕事をしているのかしら？　たぶん悪魔の能力がなくても、本人が自慢するように優秀なんだろうけど……）

誰かに呼ばれ、アルドが仕事にでかける時は、ニーナは家で留守番をするように言われる。仕事内容は教えてくれない。アルドが一日中家の中にいる時もあるし、一晩帰ってこなかったこともあった。夕方近くに帰ってきて、連絡ぐらい入れろと叱《しか》りつけたニーナをひょいと抱えて二階にあがり、無言のままニーナに手錠をはめて爆睡した時は、本気で家出を考えた。

（…………こんな生活に慣れてきたというのも問題よね）

嫌味のつもりで暇だと言えば、「あなたの知能にあわせるのに苦労しました」と、余計な一言をつけ加えながらも、ニーナにも読める本やパズルを山のように買ってきたし、外にいきたいと言えばつきそってくれる。先日など、大きなソファを買ってきた。寝心地のいいソファに横たわり、本を読むのが最近のニーナのお気に入りとなっている。

（自分勝手なくせして、こういうことするから、やっぱりちょっと悪かったとか思っているのかなぁとかほだされそうになるけど、確認しようとしたら、絶対に嫌味を言うのよね。もしかしてわたしに嫌われたいのかしら？）

なんだかんだで力でニーナを脅すことはないし、武器を持った悪党たちを一人で制圧できるような力を持っているのに、力ずくでグラーブに復讐《ふくしゅう》するのではなく、社会的に失脚させようとしている。

（悪魔を制御する手段を持っているとか言っていたから、グラーブを警戒して近づいていないだけかもしれないけれど……うちの国にちょっかいをかけようとしているアルカマル帝国の野望を根絶するために、グラーブの悪行を公の場にだそうとしている感じもするのよね）

アルドのことがよくわからない。

優しいのかと思えば、ニーナに憎まれるような態度を取るし、ニーナなんてどうでもいいようなことを言ったかと思えば、必要なのだと平然と告げてくる。

　ぐるぐると思い悩みながらも、やることが限られているニーナは、今日もまた朝食を作って
アルドと同じテーブルの席についた。

（一、二ヶ月でアルドから悪魔を落とすってクロエさんが言っていたけど、少なくともあと数週間はこの生活が続くのか……疲れるなぁ。アルドもちょっとは疲れた顔してくれればいいのに、むしろ血色がよくなっているし）

「なんです？」

　焼きたての目玉焼きを食べていたアルドが、ニーナの視線に気づいて眉《まゆ》をあげた。無視してやろうかとも思ったが、それも大人げないので素直に答える。

「顔色がよくなったなぁと思って。初対面の時は、ガス灯の明かりの下でも、顔色が悪いのがはっきりわかったもの」

「最近は人並みに寝られていますからね。ただ寝ることがこんなに気持ちいいとは、ついぞ気づきませんでした」

「まあ……五日も寝ない生活を続けていれば、そうなるでしょうね。おかげで強引に誘拐されたけど」

　恨み言というより、冗談に近い口調になったのが、自分でも不思議だった。思わずまばたいたニーナに、アルドも微苦笑を浮かべる。

「あの時は満月まで十日を切っていたのに、薬が残り少なくて焦っていたというのもあるんですけどね」

そういえば悪魔本人が、満月の日なら翼を生やせるようなことを言っていた。満月の日は精霊が活発になるから、たぶん悪魔もそうなのだろう。

（……あれ？）

夜中にいちいち月を見あげてはいないけれど、出会った時に十日を切っていたのなら、そろそろ満月が近いのではないかと思う。

「次の満月っていつだったかしら？」

「明日ですよ。だから明日はソファに寝てください」

アルドの言葉の意味を捉え損ねて、ニーナは口に運びかけていたスープを皿の上に戻した。

「なんで？」

「危険だからですよ」

「意味がわからないのだけど」

「危険だから明日は俺のベッドにいないでくださいと言っただけです。この程度もわからないんですか？」

「…………そもそも眠るためにわたしをさらったのよね？」

「お陰様で先月よりも体力があるので、無事に満月を乗り切れそうです」

会話が通じてない気がして、ニーナは首を傾げた。

「わたしがいれば、眠れるんじゃないの？」

「普段は」

まるで明日はニーナでも悪魔を抑えられないと、決めつけているような口調である。

「万が一あなたが死んでしまったら、俺は今後眠れなくなります」

（…………別にロマンチックな言葉なんて期待してないけど。そんな関係でもないし）

アルドにとってニーナは、それがないと眠れない枕みたいなもので、多少なりとも女性として見ていれば、たとえ一週間でもこんな生活はしていないだろうと思う。

しかし、わかっていても腹が立つのが乙女心《おとめごころ》というものだ。

「勝手な言い分だわ」

「俺と寝たいんですか？」

語弊のある質問に、ニーナは思わず口を閉じた。

「出発点が強引だったことは認めますが、今は俺があなたを雇っている立場です。こちらの指示には従ってください」

（本当に、勝手な男）

ニーナが命じれば、アルドはニーナに膝をつく。だが、おそらくこの男はニーナがそんなことをしないとわかっていて、こんな態度なのだ。

（…………しないけど。そもそも『わたしと一緒に寝なさい』なんて命令したくないし）

「本当は、サミアの部下に預けようとも思ったのですが……」

冷たく秀麗な顔立ちが、ほんの一瞬何かの感情に揺らいだ気がしたが、つかめない。

アルドの意図を読むのを諦《あきら》めて、ニーナは雇用されている身として質問した。

「わたしが同じ部屋にいれば、多少は悪魔が抑えられると思っているの？」

「それもありますが……子守唄を歌ってほしいんです」

ニーナが歌えば、精霊たちが安らぐ。同じ効果が悪魔にもあるらしい。

「……『お願いします』と言って」

「お願いします」

即答なのはニーナが言えと命じたせいで、アルドの意思ではない。

「なんなら跪《ひざまず》いて乞《こ》いましょうか？」

皮肉な笑みは、ひどく酷薄な印象をニーナに与えた。罪悪感めいたものが胸に突き刺さる。

「…………常に偉そうなのは、わたしを見下しているからなの？」

口を衝《つ》いた疑問に、自分で驚く。アルドも驚いたらしく、目を丸くしていた。

「ごめんなさい。なんでもないわ。ちゃんと歌う。お茶が切れたから淹《い》れてくるわね」

ハーブティーを飲み終えたことを言い訳に、台所に逃げようと席を立ったニーナを、アルドが止めた。左手首――ニーナが、毎晩手錠をかけられる手をつかまれる。

「………立場としては、あなたが上です。ニーナが俺の生命線なんです。軽視しているつもりはありませんよ」

悠然と自分の席に座った状態で、揺らがない表情のまま、淡々と告げられた。

「とてもそうは思えないのだけど」

「あなたに傅《かしず》いて、常に顔色をうかがって、ご機嫌取りをしながら矜持《きょうじ》が保てるほど、俺は器用ではないんです」

本来そうするべきではないかと思うが……確かにそんなアルドは嫌だ。

「実よりプライドなのね。貴族がよくこんな家で我慢できると思うわ」

アルドは薄く笑った。

「貴族もピンキリでしてね。うちは没落貴族なので、身の回りのことはある程度できるんですよ。誰も俺のことを噂《うわさ》しないぶん、むしろ昔より生きやすいくらいです——もちろん悪魔がいなければの話ですけれど」

（なるほど。偉そうなのは、そう装ってないと、自分が保てないからなのね）

気づいた彼の一面に、ため息が口をつきそうになる。

（……面倒な男だわ）

育ちが違うせいか、ニーナとは優先するべきものの順位が違う。

「満月の日は……起きていても、意識があっても、意味がないんです。日の入りとほぼ同時に自分の意思では身体が動かなくなってきて、眠ってもいないのに悪魔に身体の自由を奪われる。はじめはなんとか抵抗できるんですが、夜が更けるほど手に負えなくなります」

少しだけ譲歩する気になったらしい。でも、弱みを見せてくるところも嫌いだと思う。ここで見捨てたら、自分がとんでもない悪人になってしまう気がする。

「わたしの優しさにつけこんでいる自覚はあるの？」

黙って甘受するのが悔しくて、そう尋ねたら、少しだけアルドの瞳が揺れた気がした。

「もちろん。俺が弱虫で、卑怯者な自覚はありますよ……痛いほど」

ニーナの左手首に、アルドの唇が触れた。ニーナと寝る時、彼が手錠をかける場所だ。傷を癒《いや》そうとするかのような優しいキスは、自分が彼に飼い殺しにされていく過程を見るようで、ぞっとした。嫌悪ではなく憎悪に変わりそうな感情が、胸に苦しい。

「わたし……アルドが嫌いだわ」

少しでも楽になりたくて、抱えた感情を口にすると、アルドが手を離した。

ほんの一瞬だけ視線を交わして、そらす。

「……………お茶、淹れてくる」

絞りだすようにそう言って、ニーナは台所へ逃げた。

湯沸かし用の竈《かまど》に残った火を大きくして、水を入れたポットを置くと、沸騰するまでやることがなくなったニーナは、両手で頭を抱えてそこに座りこんだ。耳が熱い。胸が痛い。

(自分勝手なくせして、傷ついた顔しないでよ)

まばたきにも満たない瞬間の、感情の揺れを見つけてしまったニーナが悪いのか、いやそんなことはないはずだ。そもそも自分は被害者に近い。だが、元を正せばアルドもそうだ。

――アルドだって、被害者だ。

(だからって、何をしてもいいわけじゃないけど……)

自分の訴えは正当なはずだと思うのに、罪悪感がうるさく騒ぐ。

ちらりと居間のほうを振り返るが、もちろん引き戸に遮られてアルドの様子なんて窺《うかが》えない。

「…………怒ったかしら？」

湯が沸いた。

きゅっと胸を締めつけてくる感情は、罪悪感だと自分自身に言い聞かせながら、ニーナは乾燥したハーブを棚から取りだした。

◆

二人して気まずい状態のまま、アルドはサミアの部下に呼ばれて仕事をしにいった。家に一人残されたニーナは、家事をして時間を潰《つぶ》すことにする。

歌いながら洗濯や掃除をしているうちに、多少は気持ちも晴れてきたので、先日から決めていた料理にとりかかった。

小麦粉と卵を練りあわせて塩コショウ、ナツメグ等の下味をつけ、刻んだベーコンを加えて団子状にしたものを、葉野菜でくるむ。その過程まで無心になって進めて……バターと牛乳を用意しようとしたところで、台所をうろつくことになった。

(今日は牛乳がくる日よね？)

先日の買い物の時に、アルドが今日から牛乳が配達される予定だと言っていたのだ。

さすがに山深い隠し里では大々的な酪農ができないので、牛乳が欲しければ、山裾から荷を運ぶ必要がある。毎日はこれないけれど、週に二回くらいは家まで配達させることができると聞いて、ニーナは楽しみにしていたのだ。

そのつもりで、料理だって準備した。オーブンでの仕上げはアルドが帰宅してからでいいにしても、牛乳で煮込むのは今のうちにやっておきたい。

(台所を見る限り、アルドが牛乳を受け取ったということはなさそうだわ)

ニーナの中の常識では、牛乳配達は朝くるものなのだが、ウズンの常識はわからない。配達の都合もあるだろう。

「…………別に牛乳がなくてもできるけど」

カプンスと呼ばれる料理は、この地方の一般的な郷土料理で、どこの家庭でも自分の家の味を持っている代物である。

『ああ、いいですね』

牛乳があるならカプンスが作れると告げた時、珍しくアルドがそう言って微笑《ほほえ》んだから、できれば料理を変えたくない。

(仲直りのきっかけ……とまでは言わないけど、そんな関係じゃないけど)

少しはここでの生活が居心地よくならないかと期待した面もある。アルドの態度に耐えきれなくなって、今朝は『嫌い』とまで本人に言ってしまった。牛乳がくると聞いた時よりも、切実さは増している。

作業中に牛乳の配達がくるかもしれないと望みをかけて、具材をバターで焼いてみたが、やはりこない。仕方なしに火から鍋を下ろしたニーナは、玄関から顔をだした。

「うーん。外にでるなって言われているのよね……」

悩みながらも足を踏みだして、左右の道を探してみるが、牛乳の配達員らしき影はない。

「どうしました？」

サミアの手先の護衛が、どこからともなく姿を現して、ニーナに問いかけた。禿頭《はげあたま》の大柄な男は、この町に相応《ふさわ》しい凶相だったが、口調は丁寧だ。

なんとなく、盗賊団の仲間を思いだしながら、ニーナは事情を説明した。

「牛乳……ですか？」

困ったような、戸惑ったような質問に、それを肯定するのが恥ずかしくなってくる。

「ごめんなさい。やっぱりいいです」

「いいえ、人をやりますよ。配達の確認をしてきます」

笑顔で言われてほっとする。

「些細なことで、ごめんなさい」

「なに、楽な仕事です」

いかにも悪人といった人相の男が、少し照れくさく笑う様子が懐かしい。

礼を言って、家の中に戻ってからも、なんとなく盗賊団の皆のことを思いだす。

（マタルの牢《ろう》って、どんなところなんだろう。もう刑が執行して、監獄に入っちゃったかなぁ）

せっかく逃がしてもらったのに、いわゆる『普通の女の子』とはほど遠い生活をしている。

皆に申し訳ないと思っていたら、どんどん暗い考えになってきたニーナは、竈の掃除をして、すっきりすることにした。

子守唄を口ずさみながら、無心になって身体を動かしていると、すぐ側の扉がノックされた。

たぶん牛乳がきたのだろう。護衛の人に確認してもらってよかったと思いながら、立ちあがる。

「はぁい」

急いで手を洗って、裏口の鍵《かぎ》を開け――疑問を覚える。

(どうして、こちらの扉がノックされたのかしら？)

直感に従い、鍵をかけ直そうとするが、すでにもう扉は動いていた。

「あ」

知った顔が見えた。でも彼はサミアの側近に監視されているはずだ。


「ごめんな。お嬢」

泣きそうな声を耳にした。

でも、その前に鳩尾《みぞおち》に強い一撃をくらってニーナの意識は暗転していたから、もしかしたら気のせいかもしれない。

五　裏切り者と裏切り者と裏切り者

つんと、きつい刺激臭を嗅《か》いだその瞬間、ニーナは目覚めた。強い目眩《めまい》にくらくらする。耳鳴り。何度かまばたいたが視点が定まらず、両手で顔を覆って、小さくうめいた。

浅い呼吸を繰り返すうちに、色々と思いだしてくる。

（ここ、どこ？）

ニーナは一人がけの椅子《いす》に座っていた。刺激臭は気付け薬だったのだろうが、すでに誰《だれ》かが片付けたのか、目の前にそれらしき瓶はなかった。

柔らかなクッションのおかげで座り心地はすこぶるいいが、周囲の雰囲気は良好とは言い難い。なんとか焦点があってきた薄緑色の瞳《ひとみ》に、小さな初老の男が映る。

年の頃《ころ》は五十代半ばだろうか。緑の瞳は彼の冷静さを感じさせたが、白と黒のまだらの髪や、顔に刻まれたしわが、人間ではどうしようもない老いを伝えてくる。身につけている衣服こそ立派だが、子供のように細い身体《からだ》は、健康体にはほど遠く、ただでさえ大きな椅子が、より大きく見えた。髭《ひげ》はなく、削《そ》げたような頬《ほお》と尖《とが》った顎《あご》が、貧相さを強調させる。

彼の後ろに立っている若い男のほうが、まだ頼りがいがありそうだ。

(どこかで見た顔ね。護衛……じゃないか)

フリルなどの過剰な飾りがない白いシャツと、濃淡で華麗な模様が描かれた深緑のクラバット、銀に近い灰色に、黒い縦線の入ったベストに、黒いズボン、揃《そろ》いのコート。一般兵ならともかく、士官クラスの衣服の指定など知らないが、シルエットの優美さや瀟洒《しょうしゃ》さは伝わる。

それでも最初に軍人かと疑ってしまったのは、見あげるような長身と、均整の取れた体格、触れれば潰《つぶ》されそうな威圧感のせいだった。

眼鏡《めがね》のせいで目の色は淡い青としかわからないけれど、硬質な輝きを放つ金色の髪はまるで精密な金細工のようだと思う。精悍《せいかん》でいながら甘い顔立ちに、笑みはない。どこかで見た男だと感じたが、女なら忘れられないような美形の彼を、どこで見たのか思いだせない。

「若い娘は、まずルカに目をむけるな」

子供のような声に驚いて、椅子に座った初老の男に目を戻す。

初老の男が口にした名は、ラムス地方総督の副官の名だった。外見からして、たぶんこの初老の男が――

「グラーブ・マブナー……閣下」

かろうじて敬称をつけたニーナに、グラーブは「いかにも」と、鷹揚《おうよう》に頷《うなず》いた。

「《白鴉《びゃくあ》》の歌姫よ。よくきたな」

(よくきたとか言われても、さらわれたのだけど……)

ご招待ありがとうございましたと、皮肉に一礼してやろうかと思ったが、そこまでの度胸はないので、しぶしぶ口を開いた。

「ご存じだと思いますが、ニーナです。家名はありません」

「うむ。おおまかな履歴は調べたよ。大変な人生だな。盗賊団の娘として生まれ、盗賊宿を運営していたら盗賊団が潰れて、寄る辺のない身になるわ、人さらいにさらわれるわ、止《と》めとばかりに闇《やみ》オークションで売られそうになったら、今度は悪魔《あくま》憑きだ。だが、父親のことや、さらわれたことは君の責任ではない。君は善良な一般市民だ」

前半は仕方ないにしても、後半のここ最近の流れは、客観的に言われると、確かにすごいなと自分で思う。だが、盗賊団を壊滅させた警備隊の親玉は、目の前にいるこの男だし、アルドを悪魔憑きにした人間も、この男だ。

ついでに言えば、ニーナの鳩尾に拳《こぶし》を突き立てて、ここまで連れてきたのもこの男の手の者だ。思いだせば、焼けるように鳩尾が痛い。たぶん痣《あざ》になっているだろう。

「ウズンは法の手を介入させるのが難しい町だ。君を救うのが遅くなったのも、乱暴な手段になってしまったのも申し訳ないと思っているよ」

柔らかい口調で、善良な言葉で自分が正義だと主張し、ニーナにもそう思いこませようとしているようだが、事情を知っているニーナには、すべてが薄っぺらく聞こえた。苛々《いらいら》してくるのを押し殺しながら、今の時刻を思う。

（どれくらい意識を失っていたのかしら）

座り心地からして今ニーナが座っているのは、かなり上等な椅子なのだろう。ぺらぺらとグラーブが何か話しているので部屋を見渡せないが、視界に入る範囲だと、かなり豪華だ。

壁際には兵士がずらりと並んでいた。たぶんニーナから見えない場所にもいるのだろう。警備隊の軍服とは違うから、もしかしたらグラーブの私兵かもしれない。

（総督と副官が揃っているんだから、ここは総督府なのかしら？　どちらかの私邸？）

どちらにしろ、場所はマタルだ。ウズンではない。

大きな窓から差しこむ日差しが、徐々に赤く染まっていくのに気づいて、不安になる。夜が近い。

（わたしがいないと、アルドは眠れないのに……）

心ここにあらずなニーナに気づいたのか、気持ちよく舌を動かしていたグラーブは、一度口を閉ざした。

「考え事かな？」

「………」

グラーブからすれば、ニーナは『彼に助けられた』ことに感謝しなければならないようだ。

だが、とても感謝の言葉なんて言えなかった。

「家に、帰してくれませんか？」

考えられる限り、穏便な申し出をしたつもりだった。相手がこちらを『助けた』ことにしたいのなら、これで帰れるかもしれないと思ったのだ。

「君たちのいた宿には、もう誰もいないのに？」

そちらではないと言いかけて、いつの間にか帰る場所が、アルドの家になっていることに自分で驚く。

自分勝手で、偉そうで、面倒で、ニーナより綺麗《きれい》な男は嫌いだ。でも——

『それをしていてくれれば、俺《おれ》は安心して眠れます』

『もちろん。俺が弱虫で、卑怯者《ひきょうもの》な自覚はありますよ……痛いほど』

プライドが高いくせに、弱みを見せてまで自分を求める男は、嫌いになりきれない。

「帰りたいです」

きっと、彼は今、とても困っているだろう。

「君を雇いたい。君が住む場所を用意しようと、わたしが思っていても？」

高い声がさらりと告げた金額は、以前アルドが悪魔を落とす報奨金としてニーナに告げた金額の三倍はあった。それが毎月支払われるのだという。ニーナからすれば、法外な額だ。そこまでの金額をだすと言うのなら、相手はそう簡単に引かないだろう。

帰りたいとただ告げるだけでは、ここからだしてもらえない。それならば、いっそ引き受けるとこの場だけ頷いて、逃げだしてしまおうかと思う。

「……………ああ、駄目だね、お嬢さん。頑張って感情を抑えようとしているみたいだけど、その目の動きじゃ、考えていることがあからさまにわかってしまうよ」

見せかけの優しさをはぎ取って、グラーブはにっと笑った。真っ白くて綺麗に整った歯を、まるで威嚇するようにニーナに見せつける。

「ルカ」

ニーナから視線を外さぬまま、ぱちりとグラーブの指が鳴った。「はい」と、短く応《こた》えたルカは、近くの兵士に目配せをする。

たぶん廊下か近くの部屋で待機させていたのだろう。目的のものは、すぐに連れてこられた。

「……………」

疲れた顔をした男だった。両手両足に枷《かせ》をはめられ、犬のように首輪をつけられていた。首輪からは長い鎖がたれて、兵士の手がしっかりと握っている。不潔な服に、不潔な身体、汚い髪をして、死んだ魚のような暗い目をしている。その瞳はニーナを見た時だけ、わずかに動いたけれど、まるで何事もなかったようにそらされた。

だから、ニーナも同じようにしなければならなかった。

表情を動かさないようにするのに、とてつもない精神力が必要で、こみあげてくる嗚咽《おえつ》を殺すのに息を止める。

『誰かが捕まったとしたら、その瞬間からそいつとお前は他人だ。もちろん、俺が捕まった場合もな』

盗賊団の仲間は家族だ。目の前にいる男も、まるでニーナの兄のように、父のように接してくれた。

(でも他人だわ)

父の教えどおり、ニーナは他人となった家族のことを考えないようにして、一人で逃げた。諦《あきら》めて、忘れたふりをした。たまにどうしても思いだすことはあっても、そのせいで足を止めないようにしてきた。

「この男は、先日捕らえた《白鴉《びゃくあ》》という名の盗賊団の一味だ」

朗々と告げるルカの声は、麗しく部屋の中に響いたけれど、それにうっとりと聞き惚《ほ》れるような心の余裕は、今のニーナになかった。

「頭《かしら》の人柄を好んで集まった盗賊団なだけあって、彼らの仲間意識は家族同然らしい。どう思う？」

「…………どう、とは？」

黙っているのも不自然かと思って、とぼけた声をあげようとした瞬間、自分の失敗を悟った。緊張しすぎて、ひどく声が掠《かす》れている。

グラーブが満足そうに目を細めたのが、視界に入る。

「閣下は、この世から悪の根を断ち切ることを、喜びと捉《とら》えられている」

無言で近寄った兵士が、うやうやしく一振りの剣を捧げ持った。まるでそうされるのが当然だと言わんばかりに、差しだされた柄を握ったルカは、一息でそれを抜いた。

赤みを増した斜陽を受けて、ルカの握った剣が血塗られたように赤く染まる。まるで、ほんの数秒後の未来を暗示するかのようだ。

「止《や》めて！」

反射的に叫んだニーナを見て、グラーブが笑った。ほんの一瞬の、それこそ悪魔のような笑みは、すぐさまかき消えて、慈悲深いものへと変わる。

「ルカ、年頃《としごろ》のお嬢さんの前ですることじゃなかったようだよ。やはり、ちゃんとした処刑場で首を斬《き》ろう。一人ずつ。もちろんやつらのお頭は、最後まで取っておこうね」

「閣下……窃盗に対する刑罰は、重労働ではないのかしら？　特に《白鴉《びゃくあ》》は殺人や女性への暴力を行わないことを信条とした――」

「盗賊団に、『善良』はないよ。人の物を盗むのは犯罪で、それに対する刑罰は必要だ。《白《びゃく》鴉《あ》》は歴史が長いから、細々とした活動であろうと、その名でそれなりに犯罪を重ねている。一部では有名な盗賊団だから、警備隊の名声のためにも大々的に処刑したいなぁ」

グラーブが言っていることは、間違ってはいない。ニーナにとっては、いつかくるかもしれないと心配していた未来が、きてしまっただけ。

(無視して、他人のふりをしなきゃ……)

そう教わった。

グラーブだって、ニーナを『善良な一般人』だと言った。

すでに《白《びゃく》鴉《あ》》との関係は知られているけれど、グラーブはニーナと盗賊団とを区別した。

ニーナはそれに従うべきだ。

拘束されている男は、ニーナのことを一度たりとも見なかった。

ただ黙って、見せ物に、脅迫材料にされる屈辱に耐えていた。

「処刑はいつにしよう？　ねえ、ニーナ。君の家族は十人にも満たないけれど、きっと最後まで楽しめるよね」

耐えきれず、涙で視界が濁った。とめどなく頬《ほお》を伝う涙が、夕日を反射して赤く輝く。

こうして目の前に立たれて、処刑される様子を想像させられて、それでもなお無視することなんてできない。

「なにをすれば、かれを、みんなをたすけてくれますか？」

敗北を告げるか細い声に、拘束された男が唇を噛《か》んだのが見えた。

ぱたぱたと、ブラウスの上で水滴が撥《は》ねて、染みこむ。

「たすけてください」

一度ならず見捨てることを決意した男の前で、ニーナは都合のいい願い事を口にして――叶《かな》えられた。

◆

ニーナがウズンに戻ったのは、翌日のことだった。

本当は昨日のうちに帰宅したかったのだが、場所が場所なので日がでてからの帰宅となったのだ。マタルで買い物もしたので、結果として時刻はもう昼近い。

明るくても迷子になりそうな町を一人で歩いて、いつの間にか迷わずにアルドの家に帰れるようになった事実に苦笑する。

（迷えばよかったのに……）

ノックをしても、応答の声はなかった。

表でサミア配下の護衛と会ったから、アルドがここにいないことは知っている。伝えてくれるという話だから、やがて帰ってくるだろう。よほど慌てて外にでたのか扉には鍵《かぎ》がかかっていなかった。

荷物をテーブルの上に置いて、無言で食事の支度をはじめる。

昨日の作りかけは使えないだろうから、頭から作り直す。ニーナの予想どおり、昨夜から今朝《けさ》にかけてアルドは食事をしていないようで、記憶していたとおりの材料が、食材置き場に残っていた。唯一足りない牛乳は、朝一番にマタルで買ってきた。

生地を作って刻んだベーコンとナツメグを練りこんで、適当に丸めて横に伸ばしたそれを、葉野菜でくるんでバターで焼く。軽く焦げ目がついてくると、部屋に充満している甘い匂《にお》いにお腹《なか》が鳴った。思えばニーナもろくに食べ物を口にしていない。もちろん食事はだされていたのだけれど、飲みこめなかったのだ。

昨日は焼いた具を牛乳をベースにしたスープで煮る段階までいかなかったが、今日は無事に鍋《なべ》にスープを入れることができて、ほっとする。

鍋に火をかけてしばらく経《た》ったところで、アルドが帰ってきた。

「ニーナ」

ニーナを抱きしめた腕は、わずかに震えていた。加減はしているのだろうが、少しだけ腕の力が強くて痛い。

（昨日と同じ服だ……もしかして、夜通し探してくれたのかな……）

「どこに……いったのかと」

「うん。心配かけてごめんね」

「俺は自分の睡眠の心配しかしていません」

予想していた台詞《せりふ》に、笑ってしまう。ついでにウズンの町中でニーナが誘拐されかかった時、アルドが助けてくれた時の様子も思いだした。捻《ねじ》くれた言葉を、意地っ張りな少年のような表情を思いだす。

(わたしは……結構アルドのことが好きかもしれないわ)

素直じゃなくて、自分を傲慢《ごうまん》に見せることでなんとかプライドを保とうとしている不器用な男だから、たぶん認めてはくれないのだろうけど、きつい言葉のわりに優しいし、可愛《かわい》い。

「怪我《けが》はないわ。大丈夫。夜がくる前に一眠りしたいのなら、つきあうけど」

「そんなのは後でいいです。それより昨日は——」

「黙って」

質問を遮ったニーナの命令により、アルドの口はぴたりと閉じる。

「ご飯を食べてからにしましょう？　もう昼も近いし」

「………」

一度命令に従ったのだから、もう話せるはずだけれど、アルドは無言で頷いた。

「手を洗ってきて」

「わかりました」

名残惜しげにニーナの金茶の髪をなでて、アルドは奥へと消えた。

引き戸が閉まった瞬間に、大きなため息が口をついて、なんだか涙がにじんでしまう。

(何か……気づかれたかな?)

気づけばいいのにと思うのは、罪悪感のせいだ。

余計なことを考えそうになって、ニーナは無心になるよう努めながら、鍋の煮込み具合を確かめた。煮込んだものにチーズをたっぷり振りかけて、暖炉とつながっているオーブンへ。

パンは薄めに切って、かりかりのトーストにする。サラダは煎《い》った松の実に塩を強めに振りかけて、野菜と交ぜあわせただけのシンプルなものにしたから、あとはもうお茶を淹《い》れるくらいしかやることがない。

「ああ。そういえば、夕飯と朝食を食べ忘れてました」

焼けたチーズの匂いを嗅《か》いで、奥から戻ってきたアルドが思いだしたように自分の腹を押さえる。食べなくても平気だと言っていた悪魔憑きは、ここ数日間のニーナとの生活で人間らしさが復活したらしく、食べ物を前にした時に、表情がでるようになった。

盛りつけをしているニーナの手許《てもと》をのぞき込んで、アルドが目を細める。

「カプンスですか」

「そうよ。……本当は、昨日の夕飯にするつもりだったんだけどね」

言い訳するように、ぽつりと続ける。郷土料理の代表格とも言えるカプンスは、主に夕食の主菜としてだされるものだけれど、アルドはそれに対する疑問を持たなかったらしい。

狐色《きつねいろ》に焦げ目がついたチーズといい、ベーコンの味がしみこんだミルクスープといい、もっちりとした食感といい、隠し味のナツメグのスパイシーな香りも含め、久しぶりに作ったカプンスはなかなかのできだと思ったけれど、なんだか食べている気がしない。

さくさくとしたトーストに、スープに浮いたチーズをとろりとのせて、ゆっくりと口を動かしていたニーナは、視線を感じて顔をあげた。

「なに？」

「落ち着いてきたら、昨日、あなたがどこに消えたのか、これからどうしようとするのか、察することができるなと考えてました」

「…………そう」

トーストをかじる。

ニーナはアルドから逃げずに食事を続けた。アルドもまた、ニーナを攻撃したり、逃亡したりするのではなく、皿に残ったカプンスを頬張《ほおば》って、会話を避けるように咀嚼《そしゃく》した。

残ったスープも綺麗に片付けて、食後のお茶も終わらせたニーナは、いつもどおり二人分の食器を台所に運んで、丁寧に後片付けをした。

察したのならニーナから逃げてくれればいいのに、彼は引き戸の桟に背中を預けて、ニーナを眺めている。

「俺をグラブに差しだした結果、あなたが受け取るものはなんですか？」

「仲間の命よ」

きゅっと水道の蛇口を閉めて、手を拭《ふ》く。

「なるほど。俺よりも盗賊団の仲間を取りますか。まあ、ニーナとかかわった日数と、ここにきた経緯を思えば当然ですかね」

淡々とした言葉が、きりきりとニーナの心を嘖《さいな》む。

「さてと、困ったな……」

他人事《ひとごと》のようにしか聞こえない呟《つぶや》きが頭にきたニーナは、手に持ったタオルをアルドに投げつけた。勢いよく投げつけたのに、風を孕《はら》んだタオルの飛距離は延びなかった。ひらりと床に落ちたのが、また腹立たしい。

「困っているのなら、逃げればいいじゃない！」

足音も荒くアルドに詰め寄ったニーナは、薄い胸板にむかって、その拳《こぶし》を振りあげた。

「何でいつまでもここに留《とど》まっているのよ馬鹿《ばか》！」

連続してたたいても、アルドは平然としている。八つ当たりだとわかっているけれど、それもまたむかついて……苛《いら》つきすぎて、涙がでてきた。

「わ――」

『わたしから逃げなさいよ！』と、命じようとしたニーナの口許《くちもと》を、アルドの手の平がふさいだ。驚いてまばたくニーナをなだめるように抱き寄せて、アルドは幼子にするように軽く背中をたたいた。もう口から彼の手は離れていたが、勢いがないとあんな命令はできない。

「落ち着きましたか？　こんな会話をしている時に、勝手口から外にでて、また戻ってくるのも間抜けなのでやめてください」

命令をされたとしても、自分の意思でニーナの前に立つという宣言に、ニーナはもう一度アルドの胸をたたいた。

「馬鹿」

アルドの指先が、ニーナの髪に埋まる。奥の頭皮をなぞるように、すっとなでる仕草は、毎晩のようにベッドの上でアルドが行うことだ。

服を通して感じる体温も、間近な呼吸も、気がつけばベッドの上で当たり前のものとなったのに、アルドはニーナの恋人でも何でもない。親密な空気にドキドキするのも、たぶんニーナだけだと思えば、高ぶった神経と反応して、透明な雫《しずく》が頬を伝った。

「嫌い」

「そうですね。俺が嫌いだから裏切るのでしょうね。グラーブは悪魔が定着した理由を解明するために、俺に悪趣味な薬を使い、解剖し、調べるだけ調べてアルカマル帝国の準備が整ったら、兵器利用するつもりです。来年あたりラムス地方は物騒になるかもしれませんから、ニーナは南のほうに逃げたほうが無難ですよ」

つらつらと、最悪の可能性を口にするアルドをもう一度たたいて、ニーナは自分の涙をどうにか止めようとした。俯《うつむ》きたかったのに、両手で顔を挟まれる。みっともない顔なんて見せたくないのに、まっすぐに見下ろされた。

「戦争を開始する引き金を引きたくないのなら、俺を売るのを止めて、仲間たちの命を諦めることです。どちらにしろあなたは、彼らが捕まったからこそ、一人でマタルまでやってきたのでしょう？　盗賊団の仲間と共に過ごした過去を切り捨て、新しい人生に足を踏みいれたはずなのに、どうして切り捨てたものを選ぼうとするんです？　もしかして、父親か、仲間の姿を見せられましたか？」

きつく目を閉じた暗闇《くらやみ》のむこうで、ニーナをかばおうと他人のふりをした男を思い浮かべる。

「彼らの首が斬られる想像をしてしまいましたか？　あなたの、父親の」

グラーブがニーナに告げた言葉が、耳に蘇《よみがえ》る。

『君がわたしの命令を拒む度に、家族の首を一つ斬ろう。わかるかい？　君がわたしの命令に逆らわぬかぎり、君の家族は生き続けるんだ』

ニーナの喉《のど》が耳障りな音を立てた。もう限界だと思った瞬間、何か柔らかいものが唇に触れた。続いて、右の目尻《めじり》に、左の目尻にそれぞれ同じ感触があたって、驚いて目を見開く。

「なに？」

まばたいたら、また眼球にたまっていた雫が落ちた。それを見た琥珀色《こはくいろ》の双眸《そうぼう》が、苛立《いらだ》たしげに細くなったのを間近で見る。

もう一度、繰り返そうと思った問いかけの言葉は、先ほどと同じ感触で封じられた。今度ははっきりとわかった――アルドの唇だ。

不純物のない琥珀石のような瞳に、ニーナが映っていた。

「なに？」

驚きのあまりあどけない口調になったニーナに、アルドはしゃあしゃあと答えた。

「俺がキスをすれば大概の女性は泣きやみます」

むっとして、ニーナは両手でアルドを突き放した。あっさりとアルドが数歩後退し、その手がニーナから離れる。

「『大概の女性』と一緒にしないでよ！　わたしにとってはひどいことだわ！」

「何度も言っているとおり、俺にとってニーナはただの枕《まくら》で、仮に枕でなかったとしたら、あなたは『大概の女性』の中に入りますよ」

だからってそんなことをしていい理由にはならない。衝動的に居間に戻って、帰宅した時にそこに置いた荷物を取りだす。ニーナが持っていても不自然ではない、肩から提げるタイプの厚布の鞄《かばん》の中には、不自然な光沢を放つ首輪が入っていた。

名を《鋼の糸《ハイト》》という。

つるりとした鋼色の首輪は、一見すると変わった色の革で作った輪でしかない。つなぎ目がないので、輪の中に頭をつっこまなければ首輪にならないのだが、大人《おとな》の頭が入るほど大きくはなかった。

――貴重な精霊石を砕いて加工した《鋼の糸《ハイト》》は、悪魔の意思を奪う。そして精霊使いはもちろん、《鋼の針《ブルーファ》》という腕輪をはめた人間の命令にも従うようになるらしい。

本来ならば、アルドに悪魔を封じることに成功した直後に《鋼の糸《ハイト》》をはめる予定だったのだが、その前に逃げられたとグラーブから説明を受けた。

「開いて」

ニーナが短く命じると、《鋼の糸《ハイト》》が開いて、一本の平らな革紐《かわひも》のようになる。振り返れば、アルドはまだ引き戸の桟に寄りかかって、こちらを見ていた。

「動かないで」

精霊使いであるニーナの命令に、悪魔憑きであるアルドは逆らえない。顔だけでも嫌がってくれればいいのに、彼は平然としていた。

グラーブは首輪をアルドの首に触れさせれば、自動的に巻きつくと言った。

「動かないで、動かないで、動かないで」

告げながらアルドに近づき、ニーナは彼の秀麗な顔を見あげた。涼しげなアルドの顔を歪《ゆが》めてみたい。自分が傷つけられたように、傷つけたい。

「アルドなんて嫌い」

「……それは命令じゃないですよ」

そんなことは知っている。

「なんで逃げないのよ。動けるでしょう？」

動くなと、ニーナが命令した直後に動かなければ、それで命令は遂行したことになる。一呼吸もすれば自由に動ける程度の、短い強制力だ。だから悪魔はグラーブの雇っていた精霊使いの喉を傷つけて、《鋼の糸《ハイト》》をつけることなく逃げることができた。

アルドはちらりとニーナの手許を見たが、それだけだった。グラーブには悪魔を制御する術があると知っていたのだから、ニーナが何を持っているか彼ならわかりそうなのに……。

「カプンスが美味《おい》しかったからじゃないですかね」

「ふざけないでよ！」

「ふざけてませんよ。ニーナに捕らえられてもいいかなと、そう思う程度には美味でした」

わけがわからないと、全身全霊で訴えるニーナを見て、アルドはくすりと笑った。

「俺はニーナが何を持っているかなんて知らなかったんだから、朝食の準備なんてしてないで、不意打ちをすれば簡単だったでしょう？　どうしてわざわざ猶予をつけたんです？」

「カプンスが好きだって言っていたから、食べさせたかったの」

「………言いましたっけ？」

「言ったわ」

本当は言っていない。ただ、ニーナがそうだと感じただけだ。

ニーナは再びアルドの目の前に迫っていた。手には《鋼の糸《ハイト》》がある。

「なんならもう少し『ひどいこと』をしましょうか？」

――仲間かアルドか、ニーナが選びやすいように。

正論という名のきつい言葉も、ニーナに触れた唇も、すべてはアルドの誘導だ。ただでさえ迷っているニーナは、その誘導の意味がわかるから、惑わされて、混乱する。

「アルドを裏切ろうとしているのに、どうしてそれを後押ししようとするの？」

「あなたの泣き顔が見たいからですよ」

ゆっくりと、アルドがニーナの唇に触れた。

今度は少しだけ長く、強く。

「俺のために傷ついて、泣いてください」

どこまで本気かわからない。淡々とした言葉は嘘《うそ》しかついていない気がする。

そこに恋情なんかないはずなのに、触れた唇は互いに熱くて……涙がこぼれた。

「やっぱりわたし、アルドが嫌いだわ」

呟いたニーナに、綺麗な顔をした悪魔憑きが、楽しそうにふわりと笑った。その首に鋼色をした革紐が蛇のように巻きついて、溶けて、つなぎ目のない首輪へ変わる。

すんと鼻をすすったニーナは、無表情になった男を見あげて、命じた。

「ついてきて」

◆

その日のうちに、ニーナはマタルとウズンを往復した。復路は往路と同様に、野菜を売りにきた山裾《やますそ》の農家を装った地方警備隊の荷馬車に乗る。

馬車に揺られている間、アルドは一言も言葉を発しなかった。ただニーナの言葉に従うだけで、自分から何かするということがなく、手応えがない。彼に何か命じるたびに、ニーナの胸の奥に冷たい錘《おもり》が埋めこまれていくようで、息が苦しくなる。

「アルド、こっちよ」

ニーナはマタルに到着してすぐ、人形のようになったアルドと共に、総督府へ入っていった。

「戻ったか」

様々な人間を介して奥へと案内され、応接間のような場所に通される。待ちかまえていたのはグラーブではなく、副官のルカだった。

「執務室に通されるのかと思ったわ」

「昼間は総督府も人が多い。平民の娘をそのまま奥に通せば、閣下の御名に傷がつく」

生真面目《きまじめ》そうな口調に、顔をしかめたくなるのをぎりぎりで堪《こら》えていると、ルカが続けた。

「閣下の前にでる前に、身支度を整えてもらおうか」

どうやら平民の娘に見えなければ、今の時間帯でも奥に通してもらえるようだ。

ルカの言葉が終わると同時に、壁際に控えていた従者が、前に進みでた。

「……アルドはどうするの？　《鋼の針《ブルーファ》》っていう腕輪をはめるか、精霊使いじゃないと、言うことを聞かないのでしょう？」

もちろんその《鋼の針《ブルーファ》》は、グラーブが持っている。

「悪魔憑きの着替えも用意してある。着替えさせろ」

一言『着替えろ』と言うだけだから、ニーナに手間はないのだが、それでももう少し年頃の女の子に配慮した物言いはできないものかと思う。

「了解しました。いこう」

主語は言わなかったし、命令形の口調でもなかったが、アルドはニーナの後に続いた。短い間、ニーナの命令によって動くアルドと接していて気づいたのだが、基本的にアルドへの命令の仕方は、自分が精霊魔法を使う時と変わらないらしい。

必要なのは、どうしたいかというイメージと、それを対象に伝える言葉。たとえば日常会話で『アルドにこれをしてもらいたい』といった言葉をアルドが耳にしても、ニーナにとって『アルドにむけた言葉』だという意識が働いていなければ、アルドは反応しない。逆に、『アルドにしてほしいこと』がしっかりと決まっていれば、ある程度言葉を省略しても命令が伝わる。もちろん差異もあった。精霊は言葉がなくてもイメージだけで命令に従う場合があるが、アルドはどんなに集中しても、言葉がなければ動かなかった。

命令の意味を捉えるアルドに、それを察する意思がない、あるいは思考と肉体が遮断されているせいだろう。今のアルドはニーナの言葉に従うだけの人形みたいなものだ。

（わたしも似たようなものだけど……）

昨夜、《白鴉《びゃくあ》》の仲間の命を盾に取ったグラーブの要求は、彼が望む時に精霊使いの力を使うことだった。そして公務の時は、グラーブの子飼いとしてわかりやすいように、彼の私兵の軍服を着ること。

ウズンは犯罪者の町だから、さすがに軍服を着ることはできなかったけれど、今はもうマタルで、総督府の敷地の中だ。

従者は渡り廊下を歩いて、来賓館へむかった。館《やかた》に入ると案内役は侍女へと変わり、昨日も泊まった部屋へ通される。本来は式典などに呼ばれた人間が泊まるための部屋だから、かなり豪華な造りになっていたが、ニーナの心は相変わらず浮き立たなかった。

『そのうち君の住処《すみか》を用意してやろう。それまでそこに落ち着くといいよ』

ニーナに与えられた部屋は、廊下から入ってすぐの大きな居間と、それを挟むように寝室が二部屋設置されていた。アルドの家を解体して、一階と二階と庭の面積をすべて合計しても、まだこちらのほうが広いだろうが、ニーナはアルドの家のほうがよかった。

（………自業自得だけど）

あの家の居心地を自ら壊したのだと、自分自身に言い聞かせながら、使っていない寝室にアルドをやって、用意された服に着替えるよう指示した。ニーナも侍女を伴って、昨日使った寝室で、白いシャツに袖《そで》を通した。

どうやって寸法を調べたのか、丈も袖の長さもぴたりとあう。戦場に不釣りあいな白いコートは、権力者だけのために動く私兵に相応《ふさわ》しく、上等な物だった。縁取りは黒で、ボタンは金、軍靴は黒で、慣れないニーナには重くて歩きにくい。

威厳がないせいか、腰にサーベルがないせいか、鏡の中に映った少女はどう見ても軍服に着られていて、似合わない。

ここまで案内して、着替えを手伝ってくれた侍女はずっと無言だったが、たぶん同じことを思ったのだろう。最後にニーナの髪を梳《くしけず》って、頭の高い部分で結ってくれた――これで多少は、顔が引き締まって見える。

薄緑の瞳を暗く陰らせたニーナは、仕あげに白い革の手袋をはめた。きゅっと手袋を引きあげながら、グラーブに会う覚悟を決める。

もう片方の寝室にいるアルドに声をかけねばと、自分に言い聞かせながら扉を開いたニーナは、その瞬間硬直した。

窓際に余裕を持って置かれたテーブルで、先ほどわかれたばかりのルカ・ドラゴネッティが、数人の部下と共にニーナを待っていたのだ。

盆の上に束になった書類を持たせている部下たちを、少し離れた場所に控えさせ、書類を片手に優雅にソファに座っている様子は、ニーナよりもこの部屋の持ち主に相応しい。

「早かったな」

ちらりとニーナに視線をやったルカは、束になった書類に最後まで目を通した。たまにテーブルの上に置かれた付箋《ふせん》を書類につけたり、メモ用紙にペンを走らせたりした書類は、一人だけ手に何も持っていなかった従者の手に渡される。

ルカはもちろん、ニーナにも黙礼をした従者は、背筋をぴんと伸ばした歩き方で、廊下へでていった。そして、どうやら順番待ちをしていたらしい従者が、ルカに書類を載せた盆を差しだした。

どこかで止めなければ、そのまま無言で書類に目を通しそうだ。

「なんの用？」

ようやく口にしたニーナの問いかけに、ルカは眼鏡《めがね》の位置を直しながら顔をあげた。

「閣下から預かった品だ」

渡されたのは、もう二度とこの手に戻らないと思った精霊石だった。

精霊石がニーナの手袋越しに触れた瞬間、ふわりと柔らかな光が石の周囲に浮かんで消えた。

たぶんニーナ以外には見えていない密《ひそ》かな再会の挨拶《あいさつ》に、つんと鼻の奥が熱くなる。

(久しぶり)

心の中で言葉を返して、鶏卵ほどの大きさの精霊石を両手で包む。

近くなった精霊の気配に、勇気と力が湧《わ》いてくるような気がして、ある考えが頭に浮かんだ。

「余計なことは考えるな。万が一、閣下がお前より早く他界した場合は、《白鴉《びゃくあ》》の連中は速やかに処刑される。もちろん、お前が閣下より先に他界した場合は、利用価値のない犯罪者など全員死刑だ」

聞き取りやすいルカの声は、怒鳴っているわけでもないのに豊かに響いて、一言一言を明確にニーナに伝え、希望を打ち砕く。

「…………」

硬く唇を噛んで、ニーナは『わかりました』の代わりに無言で頷き、コートのポケットの中に精霊石を入れた。

「少し待っていろ。悪魔憑きを呼んでもいい」

他《ほか》にどんな用事があるのかは知らないが、どうにも手持ち無沙汰《ぶさた》で、ニーナは居間を通って、隣の寝室へむかった。ニーナがいた部屋よりも、少しだけ狭い部屋の中央で、着替えを終えたアルドが、無表情に立ったまま、ニーナの命を待っている。なまじ整った顔立ちのせいで、よけいに人形じみて見えた。

「…………アルド」

アルドがこちらをむいた。ニーナと同じ白い軍服を身につけた彼は、中央治安軍の青い軍服より似合っていると思う。

「きて。こっちのテーブルに座って」

呼びかければ、その通りに動く。アルドはルカの対面の席に座ったので、ニーナはその隣に座った。

ルカの背後には大きな窓があったが、薄いレースのカーテンがかかっているせいで、外の明かりは入ってきても、外の風景を見ることはできない。

いつの間にかニーナの側《そば》から離れていた侍女が、廊下とつながっているほうの扉から現れた。彼女は食器を運ぶための台車を引いていた。驚いたことに、ポットからは湯気が立っている。前もって指示されていたのか、常に竈《かまど》に火を入れて、すぐ雇い主の希望にそえるようにお湯をわかしているのかは知らないけれど、用意のいいことだ。

ニーナの前に置かれたお茶は、知らない香草の匂いがした。茶菓子とした置かれたタルトは、キャラメルとクルミが中にぎっしりと詰まっていて、こりこりとした歯ごたえと濃厚な甘さが口の中に嬉《うれ》しい。

（お茶を楽しんでいる場合じゃないんだけど……）

待てと言われて、特にやることがなく、話しかける相手も限られてしまっているので、飲み食いして間を埋めるしかないのだが、いくら美味しくても、さすがに喉を通らない。

一口、二口で、それ以上食べるのを諦めたニーナは、もう一度窓を見て、ルカを見た。

「まだ太陽は昇っているけど……こんなにのんびりしてていいの？　今夜は満月なのに……」

「わからないのか？」

真面目な顔で問われて、こちらが面食らう。

「何が？」

素直に問い返すと、不快そうに眉《まゆ》をしかめられた。

反射的に睨《にら》みつけたニーナの前で、ルカは無言で片手をあげる——どうやら人払いの合図だったらしく、ぞろぞろと従者たちや侍女が部屋からでていった。

「まだ扉の外に人間がいる。小声で話せ」

鋭く、けれど小声で話すルカにつられてニーナも小声になる。

「なんなの？」

「気づいたから夕メ口だったんじゃねえのかよ？　無意識か？　アルドから聞いてねえの？」

粗野な口調に変わったルカを、ニーナは凝視した。そういえば、見た顔だと思ったのだ。落ち着いた雰囲気と服装にごまかされていたけれど、苛立たしげに眼鏡を外したルカの瞳は、薄く青がかかった灰色である。硬質な金の髪も含め、見覚えがある。

「サ――」

「大声だすなって言っただろうが！　グラーブは人を信用しねえから、配下は配下を見張る仕組みになってんだよ。従者を追いだしたから、すぐにやつがここにくる。手短に説明するから、一度で覚えろよ」

小声で叱《しか》りつけるルカことサミアに、そうあっさり従えるほどニーナは割り切れない。

「なんだって『サミア』がグラーブの副官やってんのよ！」

ぎりぎりで声量を抑えながら説明を求めると、サミアは面倒くさそうに舌打ちした。

「逆だ。先に副官というか、ラムス地方の地方官だったんだよ。まあ、裏で遊んでいたけどな。ちょっと遊びすぎたらしくて、組合《ワジフ》の目に留まっちまって、調子に乗って色々してたら、次期サミアだと思っていた男がなぜだか俺の配下になって……飲まず食わずで全力で逃げてみたけど、三日三晩かけて拉致《らち》監禁という名の説得をされて今に至る。本当にな……昔気質《かたぎ》のオッサンってぇのはどうしてこう無駄に義理堅いんだか……」

「……………ええと、うん。なんとなく、壮絶な攻防戦があったのはわかった。ごめんなさい。サミアの過去を聞くの恐《こわ》いから、先に進めてください」

長い、長いため息をついて、どうにか過去を追い払ったらしいサミアは、体勢を立て直した。

「俺の目的は戦争の阻止だ。国の支配権が変われば悪党の縄張りだって変わってくる。負けるつもりはないが、ごたごたは事前に避けたいんだよ。ついでに悪魔関連の情報が手に入ればなおいいな」

こくりと頷くと、サミアは続けた。

「そんなわけで、アルカマル帝国と、グラーブの取引がわかる物的証拠がほしい」

協力しろということなのだろうが、それだけ言われても戸惑ってしまう。

「どこを探せと言うの？」

「人の手が入れるところは、一通り探してんだ。調べてねえのは地下の実験室くらいだな。グラーブがアルドに悪魔を憑かせた場所だ。このまま《白鴉《びゃくあ》》の連中の命を盾にされて、一生やつの言いなりになるのが嫌なら、手伝ってくれ」

「わたしは盗賊の娘ではあるけれど、盗賊ではないのよ？」

「誰でもいいならプロを手配する。それができねえから、お嬢ちゃんに頼もうとしてんだよ」

実際、すでに何度か試したのだと、サミアは苦く続けた。

「警備が厳重すぎて、正気の人間は地下の実験室にいけねえんだよ。後始末されて外にでてきたモノや、裏社会でグラーブが買った品から想像するしかねえが、あいつに忠誠を誓っているやつらは、たぶん強烈な暗示にかけられている。洗脳されていると言ってもいい」

「…………」

「お嬢ちゃんの場合は、悪魔の暴走に《鋼の糸《ハイト》》が耐えきれない場合に備えるのと、悪魔憑き量産の失敗に備えた兵器候補として必要だから、洗脳はねえよ。そして今日は満月だ。グラーブはアルドの分析よりも、悪魔の力を抑えることに全力をつくす。お嬢ちゃんの出番だな」

ニーナは正気のまま地下の実験室に招待されるはずだと説明し、こちらを安心させているつもりなのだろうが、無理だ。とても安心できない。

「ちなみに俺が下手に近づいたら、よくて左遷か解雇。悪くて実験体だな。一番可能性が高いのが、洗脳か。俺は実家の力が強いから実験体はないと思うが、裏の本業がバレたらまずい。そんなわけで、お嬢ちゃんに頼むしかねえんだよ」

深呼吸を一つして、ニーナはサミアの言葉をなんとか呑《の》みこもうとした。自分がどこまできるのかという疑問と、アルドや《白鴉《びゃくあ》》の仲間の顔が、脳裏にちらつく。

「…………証拠って、どんな？」

「むこうとの書簡でのやりとりは足がつかないように処分しているだろうが、契約書の類《たぐい》と裏帳簿は処分してねえはずだ。ないと使った金が回収できねえからな。アルカマル帝国の人間のサインか紋章……は、わかんねえだろうから、とにかく書類を見つけろ。本に見せかけている可能性もあるから、一通りめくれよ」

探すのはいい。ニーナだって、戦争は回避したい。だが――

「《白鴉《びゃくあ》》の連中は、うまく収まるように手を貸してやる」

安堵《あんど》のあまり、崩れ落ちそうになった。サミアとしても、ルカとしても、彼の保証なら信用できる。

「グラーブの身柄を押さえるまでは、従順なふりをしておけよ。人目があるうちは絶対にグラーブに逆らうな。ここにゃあグラーブに絶対の忠誠を誓っている人間が、ごろごろいるんだ。グラーブが命じるのを待つまでもなく、お嬢ちゃんがあいつに逆らったら、誰かが《白鴉《びゃくあ》》の人間の首を落とす」

「わかった」

「アルドのことは、まだそのままでいい。今日は満月だから、アルドが刻まれたり、妙な薬を飲んで自分の人生を洗いざらい語って廃人になることはないはずだ。証拠さえつかめば、適当な理由でクロエが部下を連れて総督府に踏みこめる」

　自分がアルドを追いこもうとしていた状況を具体的に言われて、思わず隣を見てしまう。罪悪感が胸を刺激する一方で、アルドからなにも聞いていないのかとサミアが質問したことを思いだした。

「開いて」

　ニーナの命令に従って、アルドの首に巻かれていた《鋼の糸《ハイト》》が解《ほど》け、一本の平らな革紐になる。それと同時に、虚《うつ》ろだった琥珀色の瞳に意思の光が戻った。

「……まさかここで首輪を外されるとは思いませんでした」

「アルドには《鋼の糸《ハイト》》が巻かれている時の記憶はあるの？」

「見聞きしたことはすべてわかります。意識もちゃんとありましたよ。表にはでませんでしたけどね。ニーナがことあるごとに、罪悪感に押し潰されそうな顔で俺を見あげたり、泣くのを堪えながら、ぎゅっと俺の袖をつまんだりするのも、全部見てました」

「なんで笑顔で言うのよ？」

「それはもちろん——」

「いいの。言わないで。なんか泣きたくなりそうな気がする！」

抱えていたはずの罪悪感とか怒りとかが、がらがらと音を立てて崩れていくような感覚に襲われる。いっそテーブルの上に突っ伏したかったが、どうしても訊《き》かねばならないことがあったので、なんとか額を抑えて気力を絞る。

「…………はじめから、わたしに証拠探しをさせる予定だったの？」

潜入捜査官はサミアの側近が管理していたはずなのに、満月の前日にニーナの前に現れて、グラーブの元に連れていかれた。よりによってどうしてこの日なのかと思ったけれど、この日じゃないと駄目だったのだ。

満月の日なら、グラーブは悪魔の力を抑えることに集中し、アルドにむごい実験をすることはない。だからアルドたちはそう事態が動くように計画を立てた。

「わたしは……アルドではなく、《白鴉《びゃくあ》》の仲間を選ぶと、はじめから思われていたのね」

裏切ったのはニーナだ。何かを言う資格はない。わかっていても、アルドに《鋼の糸《ハイト》》をつけた時のことを色々と思いだしてしまう。

「道理で協力的だったはずだわ。最悪」

「結果として、いいほうに転がっているんだから、最悪ではないでしょう？　あなたが証拠を見つけられれば、グラーブはクロエが率いる中央治安軍に捕まって、万事解決ですよ。俺は少なくても今夜の満月を乗り越えられるだろうし、色々終わったらこの首輪をもらって次の満月に備えてもいいし、運がよければ横流ししてもらう予定のグラーブの蔵書から、悪魔をどうにかする手段が見つかるかもしれない」

「『ひどいこと』したくせに！」

涙目でアルドを睨みつけたニーナに、黙って二人のやりとりを見物していたサミアが、口を挟む。

「何をしたんだ？」

「グラーブがくる前に、首輪をつけ直したほうがいいんじゃないですかね」

「ごまかす気？」

「俺に何を言わせたいんですか？」

サミアの疑問は頭から無視して、アルドはニーナの質問に質問で返した。

混乱した勢いだけで話していたニーナは、ここでようやく落ち着いてくる。

（………わたしがアルドに『何を言わせたい』か？）

よくわからなかった。

消えない罪悪感は『ニーナは悪くない』という言葉を待っている気がしたが、さすがにこれは自分に都合がよすぎる。

（『キスしてごめん』？　『騙《だま》してごめん』？　なんか、違うわよね？　でも……）

黙って考えこんでしまったニーナを前に、一呼吸、二呼吸程度返事を待っていたアルドは、急《せ》かす口調で続けた。

「急いでください。本当に足音が近づいているんですよ。少し足を引きずっている体重の軽い足音と、兵士が二人。きっとグラーブです」

耳を澄ましてみるが、ニーナには聞こえない。サミアに目をむけると、彼は外していた眼鏡をかけて、『ルカ』の顔に戻っていた。

「アルドの聴覚は信用していい」

眼鏡一つで有能そうに見えてしまう男の言葉に、ニーナは《鋼の糸《ハイト》》を握る手に力をこめた。

アルドに言わせたい言葉はわからないままだけれど、自分が言いたい言葉は見つけたから、ニーナは告げた。

「ごめんなさい」

たとえ、アルドたちの計画の内でも、裏切ったことには変わりない。「ちゃんと、証拠を見つけるからね」と、続けて《鋼の糸《ハイト》》をアルドの首にはめるつもりだったのだが、不機嫌そうに睨まれて言葉を失う。

「………………」

「種明かししたのに、どうしてそんなに後ろめたそうな顔をするんですか？　そもそもニーナが謝罪する必要はありません。さんざん俺の言葉に傷ついていたはずでしょう？　あなたは単に利用されて、俺の手の平の上で踊っただけです。悲痛な覚悟はいりません」

「どうしろっていうのよ？」

「いつもどおり強気でいてください。俺たちがニーナに資料を探させようとしたのは、結果的にニーナが俺たちの味方になるとわかっていたからですよ」

眉間《みけん》にしわを刻んで言うだけ言ったアルドは、ニーナの手を自ら引き寄せた。アルドの首に《鋼の糸《ハイト》》が触れた途端、それは自ら生き物のように動いて彼の首に巻きつき、そのつなぎ目を溶かしてしまう。

「え……と」

励まされた気がしたし、信用されたと告げられたような感じもするのだが、自分の認識に自信が持てなくて、サミアに助けを求める。

「つまり『ニーナがアルドを裏切りやすいように計画したことだけど、必要以上にきつい言葉をかけた。傷つけてごめんね。元気だしてね。信用しているよ』って言いたかったんだろう」

そんな可愛い口調ではないはずだが、ニーナが感じたことは、おおまか正解だったらしい。

ついでに、たぶんこれがニーナがアルドに『言わせたかった言葉』だ。

胸の奥に詰まった冷たい錘が、急に軽くなったように思えて、ニーナは苦笑する。

「わかりにくいし、面倒くさいし、可愛くないわ」

「逆に、わかりやすくて、率直で、可愛らしかったらアルドじゃないぞ」

「想像したくもないわね」

一言で切り捨てたニーナに、サミアが頷いた時、ふいに部屋の扉が開いた。現れた小柄な影はグラーブ・マブナーだ。アルドが忠告したとおり、背後にはニーナやアルドと同じ白い軍服を着た二人の兵士がいた。

「閣下」

サミアが立ちあがったので、ニーナもそれに続く。

「アルド」

小声で呼びかければ、アルドもまた立ちあがってグラーブを見た。

グラーブの視線がまずアルドにむけられて、ニーナを掠《かす》め、自分の副官に移動する。

「悪魔が戻ったとは知らなかったな」

「失礼しました。仕事を終わらせてから、閣下にお目見えするべきかと思いましたので」

ルカ・ドラゴネッティの口調に戻し、きびきびと答えたサミアに、グラーブは目を細めた。

「人払いをさせた理由はなんだね？」

「自分の立場が理解できていなかったようなので、説明してやっただけです。これで多少は閣下に従順になることでしょう」

「ふうん」

アルドと自分の副官を交互に目をやっていたグラーブだが、やがて一点で止まった。

「アルド君」

グラーブの呼びかけに、アルドが立ちあがる。上着で見えないが、どうやら《鋼の針《ブルーファ》》を身につけているらしい。

「そこのテーブルを壊してくれ」

グラーブの命令に従い、アルドが一撃でテーブルを真っ二つにした。アルドの動きはテーブルを半分にするだけに留まらず、踏みつけてテーブルを粉砕させている。ニーナもサミアも避難はしているが、さすがに香草茶やお菓子は救出できず、テーブルと一緒にごちゃごちゃになっていた。

「もういい」

グラーブの言葉に、アルドが従う。玩具《おもちゃ》のような扱いに胸が痛んだ。

「おいで、わたしの悪魔よ。お前の部屋に案内してやろう。お嬢さんもおいで。今日は満月だから、不寝番をしてもらわないと危険だ。《鋼の糸《ハイト》》や、《鋼の針《ブルーファ》》の制御には、まだ不安が多いから、君が必要なんだよ」

呼ばれるまま、ニーナも続いた。

広い廊下には二人の屈強な兵士が控えていて、彼らはニーナやアルドと同じ、白い軍服を身につけている。

「こっちだよ」

グラーブ自ら先導して、廊下を進む。窓のむこうには優美な中庭が見えていたが、それと同時にむかいの建物も見えているような立地だから、太陽の位置まではわからない。

「夕方前には到着するよ。大きな建物だが、半日もかかるほど離れた場所ではないしね」

ニーナの不安を見透かしたような言葉をかけられて、少しだけほっとしたが、完全には安心できない。

「……満月の日のアルドは、日の入りとほぼ同時に自分の意思では身体が動かなくなってきて、眠ってもいないのに悪魔に身体の自由を奪われると言っていました。夜が更けるほど、彼の意思だけでは抵抗できなくなるって。あの《鋼の糸《ハイト》》はどれくらい抑えられるんですか？」

「やってみないとわからないけれど、満月の日の悪魔は抑えきれる自信がないなぁ。もちろん、準備は色々しているけどね。アルド君の居場所を知ったのは、ついこの間なんだ。間にあってよかったよ。次の満月の時は、たぶん居場所が変わっていただろうからね」

「え？」

引っ越すなんて話は聞いていなかったので、本気で驚いた声をあげると、グラーブは小さく笑って説明してくれた。

「今日までに捕らえないと、彼はまた住処を変えてしまうよ。壁や屋根の崩れた家では、生活できないだろう？　今のサミアは若いわりに粘り強いと噂《うわさ》だが、いくら彼の町でも、これ以上悪魔が暴れたら、町から追いださないと下に示しがつかない。だが、サミアがあんな戦力を逃すわけがない――結果、悪魔はより慎重に隠されることだろう」

つまりはアルドの居場所を見失うより、危険でも今のうちに捕らえておくことを選んだらしい。

「満月の日の悪魔は確かに危険だが、捕らえていればいつか満月は巡ってくるしね。逆に言えば、満月でも手許に捕らえておけるのなら、他の日も大丈夫だということだ」

楽観的なようだが、今の段階では誰にとってもそれ以外に手がなかったようだと理解して、一つ気づいた。

「わたしだけでは、満月時のアルドを抑えられないと思ってるんですね」

ニーナが悪魔を抑えられれば、グラーブの仮定は成立しない。

「君の前任の精霊使いは、彼に悪魔を宿したその日に、使い物にならなくなったんだ。君より精霊に親しんだ男だったのだけれど、古文書どおり悪魔がこちらの言うことを聞いたと油断した直後に、喉をやられた。彼は一生言葉を話せない」

グラーブが振り返る。

ニーナと目をあわせたまま、その言葉を刻みこむようにして、彼は続けた。

「わたしは、君のことも守りたかったんだ」

一瞬、彼は善良な統治者なのではないかと信じそうになる。

心優しく思慮深く、自分の権力の届く範囲の人間を極力助けようとしてくれる人なのではないかと……。

——けれど元を正せば、この男のせいでアルドは悪魔憑きになった。《白鴉《びゃくあ》》の仲間を人質にニーナを意のままに操ろうとしているのもこの男だ。

一瞬とはいえ、揺らいだ自分の心にぞっとする。罪悪感によって、『自分が正しい』と、『仕方ない』と、思いこみたがっているのかもしれないが、そう誘導したのはグラーブだ。

（………気をつけよう。忘れないようにしよう）

ニーナよりも小さくて、子供のように痩《や》せているこの男が、すべての元凶なのだ。

六　月夜の悪魔

慎重に歩幅を狭めながら、グラーブを追い抜かさないように注意してたどり着いた場所は、総督府の地下だった。古い牢獄《ろうごく》の中に囚人は入っていなかったけれど、どうしてこんなに警戒する必要があるのかと、呟《つぶや》きたくなるくらいの私兵が配備されていた。

人はいるのに、妙にしんとしているのが気持ち悪いし、黴《かび》とも埃《ほこり》とも違う、奇妙な異臭がする。個室は広くないはずなのに、奥が見えない。

グラーブは一番奥の牢屋《ろうや》に自ら足を踏みいれた。奥はがれきが崩れていて、ぽっかりと穴が開いている。

ニーナたちの逃亡を防ぐように背後にいた兵士が、二人ほど前に進みでた。

どうやら穴の奥の壁にはくぼみがあって、そこに火をつける道具が置いてあったらしい。綺《き》麗《れい》に火種を作った兵士は、あっという間に炎を大きくさせて、こよりにつけた炎を壁の燭台《しょくだい》と、そこに置いてあったらしいランプに移した。

わずかに揺れる炎に照らされて、階段が闇《やみ》の中から浮かびあがる。

ランプを手に持った兵士が階段を下りていった。先行して明かりをつけてくれるようだ。

彼と一緒に前に進んだ兵士は、グラーブを幼子のように片腕で抱えあげている。

「いくよ」

グラーブの言葉に従ってアルドが進み、仕方なしにニーナも進む。

（足許《あしもと》暗い。なんか嫌な感じがする……）

一歩ごとに響く足音が、わんと四方から迫ってくるようで、とても沈黙など保てず、ニーナは当たり障りのない話題を口にした。

「ルカさんは、いらっしゃらないんですね」

「ルカに任せている仕事は、人間相手の仕事だけだよ。最近はアルカマル帝国と交渉するようになったから、浅い部分だけかかわらせているけど」

ここには洗脳された人間しかこないと言っていたサミアの言葉を思いだしながら、これがグラーブの言い分かと内心で呟く。

「信用されているのかと思ってました」

「若いのに有能だから、ある程度信用して仕事を任せているよ。今までで一番長く続いている側近だから、とても頼りにしているさ。おかげで色々楽だ。ありがたいことだね」

「でも、ここには連れてこないんですか？」

「人を洗脳するのはまあまあ簡単だけど、頭を使う仕事の場合は、どうしても臨機応変さが必要だろう？」

思わずニーナの息が止まった。こんなにあっさりニーナに洗脳のことを教えるのかと驚いたからだが、グラーブは恐怖によってそういった行動をとったと勘違いしたらしい。

「君を洗脳したら、精霊たちが言うことを聞かなくなる。悪魔の制御もできなくなるだろう。だから君は洗脳しない。もしかしたら戦場で君に働いてもらうことになるかもしれないしね」

なだめるような声だったが、『戦場』の言葉に背筋がざわついた。

「そこまでして、戦争をしたいんですか？」

グラーブの笑い声が下から響いて跳ね返る。

「そうまっすぐ訊《き》かれたことはなかったよ」

「ごめんなさい。会話してないと恐《こわ》くて……」

敬語を忘れてしまったが、グラーブは機嫌を損ねなかったようだ。さらりと同意してくれた。

「ここは明かりをつけても足許が暗いからね」

そして闇が濃い。

グラーブについていくアルドのコートの裾《すそ》をこっそりつまみながら、ニーナも後へ続く。

「国土争いに興味はないし、特別カウカブ共和国に恨みがあるわけでもない。金も権力もあるにこしたことはないけれど、わたしは充分持っている」

流されたと思ったニーナの質問の答えだと、一拍遅れて気づいた。

「でもどうしても、手に入らない物があってね。追いかけ続けている。それを手に入れるためなら、国がどうなろうとどうでもいい」

アルドが言っていた仮説を思いだして、ニーナはぽつりと尋ねた。

「健康な身体、ですか？」

「…………大げさなことをしていると思うかい？」

素直に「はい」と、頷《うなず》きそうになって、慌てて呑《の》みこむ。

こちらを振り返りはしなかったものの、どうやら伝わってしまったらしい。

「わたしは子供の時から寝たきりでね。成長するに従って、多少は丈夫になったが、それでもすぐに息が切れるし、力もないし、背も伸びなかった。幸い家柄がよくて、わたしの他《ほか》に跡取りがいなくて、家庭教師や上官に気に入られるような頭脳の持ち主だったから、今の地位につけてはいる。でも、きっと家柄か頭脳のどちらかが少しでも足りなかったら、裕福な生活はおくれなかっただろうね。ああ、わたしは恵まれている。自覚はあるさ」

自己憐憫《れんびん》にどっぷりと浸った台詞《せりふ》を言いはじめたと思っていたから、客観的に自分を見ていることに、少し驚いた。

小さくグラーブが笑った。自嘲《じちょう》のようだ。

「わたしの副官は若くて、有能で、美しいだろう？　わたしは……ああなりたかったんだ。なのに、どんどん老いていく」

「人間なら、それは当たり前じゃないかしら？」

黙っていられなくて、ぽつりと呟く。聞こえなかったはずはないのに、グラーブは続けた。

「幼い時にかかった病気のせいで、わたしは背が低いし、声変わりもしなかったし、生殖能力もない。それでもなんとかこの年まで生き延びることができた。しかし死ななくて重畳だったと人生を振り返った時、思い出が何もないことに気づいたんだ。当然だろうね。わたしは屋敷の中で臥《ふ》せっているか、学んでいるか、健康なやつらに負けないように片意地を張るのに必死だった」

顔色の悪い、がりがりに痩《や》せた少年の姿を、ニーナは容易に思い浮かべることができた。臥せりながらも分厚い本を開いて、貪欲《どんよく》に文字を追う少年の姿は、弱々しくも力強い。努力の結果が、今のグラーブを象《かたど》っている。

「地位も金もある。だが、わたしはただ必死だっただけで、そこには喜びがなかった。幸せがなかった。いいいいい人間なら当たり前のものを、何も残せていないんだ——人生をやり直したいと願って、何が悪い？」

脇目《わきめ》もふらず仕事に全力をそそいで、幸せだったと生涯を終える人間もいる。でも、ニーナがグラーブにそれを言えるほど、軽い台詞ではない。

「だから……悪魔が必要なの？　自分が生まれ変わるために」

ふいに目の前にあったアルドの後頭部が見慣れた高さに戻って、階段が終わったことを知る。

大人が十人入れるかどうかの狭い空間の突き当たりには、そこに不似合いなほど立派な両開きの扉があった。

「ささやかでいいんだ。何か一つ人並みなことをやりたいんだよ。息切れすることなく階段をのぼりたい、長い距離を歩いてみたい、青い空の下、笑いながらどこまでも走ってみたい。老いた時に振り返り、『あの時はよかった』と懐かしく思いたい。このまま……なにもできないまま年老いて、死ぬのは嫌だ」

絞りだすような声は切実で、ニーナは言葉を失った。ささやかな思い出欲しさに、彼は人生をやり直そうと悪魔を召還し、戦争すら起こす気でいる。

グラーブは奥の扉に手を置いた。

「わたしが本来あるべき自分の人生を取り戻すまで、あともう少しだ」

清々《すがすが》しい笑顔と、希望に満ちた言葉と共に扉が開かれた瞬間、ニーナは息を呑んだ。

(なにこれ)

薄明かりに慣れた目をもってしても、先が見通せない濃厚な闇は、単にそこが地下だからなのだろうか。

(鳥?　悲鳴?)

わんと反響して聞こえた音に、ポケットの中の精霊石をそっと押さえていると、警戒しているニーナを嘲笑《あざわら》うように、ランプを手に持っていた兵士が前へ進んだ。どうやら壁に油を通した細い溝が掘られているらしく、彼が火を傾けた途端に細い炎が広間全体を囲み、広がった。どういった仕組みか、炎は壁を伝って勢力を拡大していき、正面の祭壇に置かれた燭台に次々と点火されていく。

あっという間に広間は光に包まれた。隅々まで見通せるほど明るくなったのに、闇はより濃厚になってるように感じる。

「なに？」

明るくなった広間を前に、ニーナは硬直した。

干涸《ひか》らびた雄山羊《おすやぎ》の頭が飾られた、悪趣味な祭壇はある程度予想していたけれど、天井と四方を格子で囲った、虫籠《むしかご》のような檻《おり》が、壁から離れた場所にずらりと並んでいるとは思わなかった。

檻の中には黒ずんだ肌の人間が入っていた。黒い肌の面積が多い者は、《鋼の糸《ハイト》》をしているが、首に何もつけていない者も多い。首輪をつけた者は、人形のように檻の中で立っていて、首輪をつけていない者は、泣いていたり、無表情に呻《うめ》いていたり、笑っていたり、ひたすら自分の肌を引っ掻《か》いていたりしている。どう見ても、正気の者は一人もいなかった。

（……気持ち悪い）

広間には一息、二息呼吸しただけで、すぐに鼻が麻痺《まひ》するほどの異臭が満ちていた。石畳の隙間《すきま》に黒ずんだものが詰まっていたが、それは明らかに苔《こけ》ではなかった。もちろん精霊なんてどこにもいない。

「おや、刺激が強かったかな？　前もって言っておけばよかったね」

「この人たちは………」

「犯罪者だったり、浮浪者だったり、購入物だったり、色々だね。失敗作だ。容姿は変わったけれど、アルド君ほどの力はない。普通の人間より丈夫ではあるんだけれど、なにぶん短命でね。半月も経《た》てば身体《からだ》が悪魔の力に耐えられず、腐り落ちて死んでしまうんだ。正直、彼が逃げた時もすぐにそうなると思ったんだけど……何が違うんだろうね？」

母親にむかって『どうしてあの木の林檎《りんご》は落ちてしまったの？』と、無邪気に尋ねる幼子のように、グラーブは首を傾《かし》げた。

——半月後のことがわかるということは、そう確定できるだけの前例があるということだ。

檻の数はおよそ二十。すべて、埋まっていた。

「何人……実験したの？」

「さて、どれくらいなんだろうね？」

惚《とぼ》けているのではなく、本当にわからないようだ。

「失敗の数だけ前進していると言いたいところなんだけど、アルド君と同じことを別の人間にやろうとしても、うまくいかないんだ……個体に対する相性の問題かもしれない」

ある意味グラーブも悪魔に取り憑《つ》かれている。これは正気の沙汰《さた》ではない。

「だからね、アルド君。わたしは君が帰ってきてくれて、本当に嬉《うれ》しいんだよ」

グラーブがアルドを呼び寄せる。

広間の中央には、白い魔法陣が描かれていた。二重の円の中には、細かな記号と見たことのない異国の文字が刻まれていた。そしてその魔法陣の四方を囲むように、似たような魔法陣が刻まれている四角い石碑が四方に置かれている。

グラーブの指示で、アルドがそこの中央に立った瞬間、天井から檻が降ってきた。重量のある金属音を響かせたそれは、他の檻と同じく狭く、万が一アルドの頭に落ちていたらと思うと冷や冷やする。

対角にある角の格子には、丈夫そうな短い鎖が垂れていた。手錠、足錠に続いている様子は、毎晩ニーナの左手首につながっているものに似ていたが、その光沢はアルドの首にある《鋼の《ハイ》糸《ト》》に近い。

「アルド君、その手錠と足錠を自分につけなさい。ああ、最後だけ……お嬢さんにつけてもらえばいい」

ニーナが驚いている間にも、アルドは両足と左手首に足錠と手錠をかけていた。だが、鎖の長さが短いので、アルドは最後の一つを自分でつけられない。

歯を食いしばって、ニーナは前に進みでた。冷たい手錠に触れて、アルドを見あげる。作り物のような端正な顔に、感情はない。

(ごめん)

初めて会った時と、丁度逆の状態になっているアルドに内心で謝りながら、ニーナは彼に手錠をはめた。

「これで満月の悪魔を抑えられるはずだよ」

よかったねとでも言いたげな口調で、グラーブがほくほくとした優しい笑顔を浮かべる。

「わたしは……この部屋で一晩中アルドを見張っていればいいんですか？」

「そうだね。侵入者を見張るために階段の上には見張りを置くけれど、基本的にここの部屋には、わたしがいないと入れないいんだ。わたしが側《そば》にいない場合、誰《だれ》であろうと攻撃していいと命令してあるから、一人でこの部屋をでないようにね」

やんわりと、ニーナの退路が断たれていることを告げて、グラーブは兵士の一人に目配せした。一人だけ鞄《かばん》を提げていたから、なんなのだろうと思ったのだが、中から取りだされたのは水筒と、ビスケットの包みだった。

水筒には葡萄酒《ぶどうしゅ》が入っている。とても喉《のど》を通りそうになかったが、それでもありがたくいただいた。今日の夜は、きっととても長いだろうから。

「じゃあ、また明日《あした》」

ちらりと懐中時計に目を落としたグラーブは、二人の兵士をつれてでていった。

扉の閉まる音がやけに大きく響いて聞こえて、思わずビスケットを抱き潰《つぶ》しそうになる。

見ないようにはしているが、グラーブの言う『失敗作』たちの声も途切れてはいないのだ。

気付け代わりに葡萄酒を一口飲んで、ものすごく迷ってから、魔法陣の描かれた足許にビスケットの包みと水筒を置く。

「まずは……証拠を探さないと」

ぐるりと部屋を見渡す。実験室という呼び名から想像するような本棚は、そこになかった。実験道具のようなものも見あたらない。

(儀式室とか呼ぶ方がいいんじゃないかしら?)

以前《白鴉《びゃくあ》》の仲間から聞いたことのある仕掛けを思いだしながら、祭壇を見る。禍々《まがまが》しさを極めようとしているようにしか思えない祭壇の両脇《りょうわき》には、恐ろしいほどの量の蝋燭《ろうそく》が並んでいた。燭台に妙な仕組みがある場合もあるから、よく見てみたが、蝋燭かと思ったそれらが、実はランプシェードのないガス灯だとわかった以外に収穫はなかった。

(これじゃどうやっても動かせないわよね。となると、祭壇のどこかに仕組みがあるか、祭具のどれかか……供物台)

祭壇でなければ、壁や床のどこかにはめ込み式の何かがあることになるが、檻と壁の間に身を滑らせるのは、できれば最後の手段にしたい。

うろ覚えの知識を総動員しながら、丁寧に一つ一つの祭具を見ていって何もないことを確認したニーナは、祭壇の上で唯一調べていなかった供物台に手を伸ばした。

(うう……)

両手で雄山羊の角をつかんで、意外と軽いそれを供物台の横に置く。乾いた血の痕《あと》に内心で悲鳴をあげながら、黒檀《こくたん》で作られた供物台をじっと見る。銀の切り嵌《は》め細工が施された台は、それだけで一財産稼げそうなほど美しい。

雄山羊の首が載っていただけあって、供物台はそれなりに大きかった。縦横から見るために、それを持ちあげようとして——小さな、木のきしむ音を耳にした。

ともすれば、『失敗作』たちの嘆きの声にかき消されそうな音だったが、確かに聞いた。だが、どこをどう見ても、なんの変哲もない、ただの木製の台だ。鍵穴《かぎあな》もない。

(……でも怪しい気がする)

どうにかすれば天板が取れそうなのだが、やり方がわからない。

あれも違うこれも違うと、銀の細工に惑わされながら、仕掛けを解くことに熱中し、天板を持ちあげた状態なら、それを横にずらして中に入ったものを取りだせるとわかった時には、長い時間が経過していた。

「これでいいのかな?」

正式な書類であることを示す羊皮紙には、ニーナの知っている言葉と知らない言葉で、なにやら難しげなことが書かれていた。

(……知らない単語が多いなぁ。でもたぶん、最後のサインはグラーブのものよね?)

一人でうんと頷いて、コートを脱いだニーナは、自分の身体に羊皮紙を巻きつけるようにして、ズボンの中に押しこんだ。落とさないようにベルトで固定した後、再びコートを身につければ、ニーナが何を持ちだしたかなんて、一見わからない。

（後はアルドの悪魔化を阻止しながら一晩ここで我慢して、サミアにこれを渡して、グラーブを失脚させて……アルドが解放されるのって、どれくらいになるんだろう。グラーブの使った資料から、悪魔を落とす手段とかわかればいいんだけど……）

あれこれと気をもみながら、祭壇を元の形に戻したニーナは、ふいに名を呼ばれた気がして振り返った。

「アルド？」

牢の中で、アルドは四肢の力が抜けたようにぐったりとしていた。両手足を鎖でつながれているから、その膝《ひざ》は石畳についていないけれど、首はくたりと垂れ下がって、ニーナからは艶《つや》やかな漆黒の髪しか見えていない。

「アルド！　大丈夫？　なんでいきなり……」

アルドに話しかけながら、人を呼ぶべきかと扉に目をやり、ざわめく『失敗作』たちが視界に入った。心なし、この広間の闇が濃くなっている気がする。

「あ……日の入り」

地下だから太陽が沈もうが明るさは関係ないはずだが、心あたりはそれしかない。つまり満月の夜がはじまったのだ。

「………？」

アルドの唇が動いた。名を呼ばれたのだと思って、頷く。

「大丈夫？　どうしたの？　苦しいの？　どうなっているのか教えて」

「悪魔の意識が、表にでてきています。首輪を取ってもらえませんか？　苦しい」

ゆっくりと、アルドは顔をあげた。黒髪の隙間からのぞく双眸《そうぼう》に、いつもの鋭さはなく、苦痛のためかわずかに潤んだ瞳《ひとみ》は、肌が粟立《あわだ》つほどに魅惑的だった。

「お願いします。苦しいんです」

鼓膜を甘く震わせる声に、何もかもアルドの言うとおりにしたくなる。思わず《鋼の糸《ハイト》》に手を伸ばして――笑んだ唇に動きが止まった。

「《鋼の糸《ハイト》》が首にあるのに、どうして話せるの？」

最初の説明だけならば、精霊使いであるニーナの問いに答えたのだとわかるが、その後に要求を続けることはできないはずだ。

「あなた、悪魔ね」

断言にも動じず、悪魔は哀れっぽいアルドの芝居を続けようとしたが、プライドの高いあの男が、素直にニーナの助けを求めるとは思えない。そもそもアルドはニーナに懇願する時すら、こちらが拒絶できないような段階を踏んで、上から頼んできている。

アルドがこんなに弱々しい姿をニーナに見せるわけはない。

「アルド、返事をして」

「……はい」

一瞬だけ無表情になったアルドが返事をしたが、すぐに表情が戻った。

(アルドの意識がある状態でも、悪魔に身体の自由を奪われるって言ってたっけ……)

思いだした情報に、ニーナの顔が曇った。

先日、ニーナの前に悪魔が現れた時は、悪魔よりもアルドに肉体の支配権があった。だから、一時的にでもアルドの意識を表にだせれば、アルドは自分の身体を取り戻すことができた。

——だが、満月の夜は悪魔にアルドの身体の支配権がある。

満月の日の悪魔は《鋼の糸《ハイト》》だけで抑えきれる自信がないと、グラーブも言っていた。昼間はアルドの意思が封じられていたのに、今、悪魔の意思が表面化しているのは、それが関係しているのだろう。

グラーブは《鋼の糸《ハイト》》以外にも、檻と手足の拘束、そして魔法陣と石碑を用意した。悪魔はニーナに《鋼の糸《ハイト》》を外させようとしたのだから、それらは有効に働いているはずだ。

(このまま大人《おとな》しくしておいてもらおう)

自分自身にこくこくと頷いて、ニーナは檻の中の悪魔から距離を取った。

もう隠す必要はないと思ったのか、悪魔はすぐさま作戦を変える。

「ねえ、愛《いと》しい人。わたしに口づけたくはないかい？　そのまま永遠に時を止めたくなるほど、優しく可愛《かわい》がってあげよう。触れあう肌の熱さを教えてあげるよ」

にいと、整った唇が歪《ゆが》んだ。

琥珀色《こはくいろ》の瞳が月光を浴びた糖蜜《とうみつ》のように甘くきらめき、唇の隙間から見える赤い舌が、ニーナを誘った。人形のように整った姿に、人としての熱があるのかどうか、確認したくなる。

甘美な言葉に好奇心を刺激され、揺らぎそうになる。

「黙って」

悪魔の口が閉ざされる。ニーナの命令は、ほんの一瞬の強制力しかない。だから、悪魔が次の言葉を紡ぐ前に、ニーナは自分の肺に空気を満たした。

歌う。

まずは首輪をつけた『失敗作』が、糸の切れた操り人形のように力をなくし、静かになった。次に首輪をつけていない者が次々と寝息を立てていき、アルドの中の悪魔もよろめく。

歌う。

空気穴から、扉の隙間から、ニーナの歌を求めて精霊たちが集まってくる。不浄に満ちた空気が、少しずつ変わっていく。

両手で包むようににぎった精霊石から、ニーナ以外には見えない光があふれる。風の精霊たちがニーナの歌を増幅し、響かせ、また更なる精霊を呼びだす。

ニーナの歌声は地下だけには留《とど》まらず、地上に伝わり、総督府全体に広がっていく。

歌う。

短い旋律を何度でも繰り返す。やがて歌はニーナの元を離れ、風の精霊たちのものとなる。谺《こだま》のように響いて、延々と繰り返される歌声が、しっとりと夜空に響く中、ニーナは新たに声を重ねた。

やがて力つきたように悪魔が檻の中で目を閉じた。

念のため、もう一度風の精霊たちと歌を歌ってから、ニーナは口を閉ざした。風の精霊たちはいまだにニーナの歌声を離さず、ニーナが歌っていないのに、その歌声が実験室の中に響いていた。

「寝た……かな？」

そっと近づけば、寝息が聞こえた。冷たく鋭い琥珀色の双眸は、瞼《まぶた》に隠されている。

（よかった。このぶんなら、無事に満月を乗り切れそう）

このまま静かに時を待って、たまに思いだしたように風の精霊と共に歌えば、気がついた時には朝になっていそうだと、すっかり息がしやすくなった地下室で、ほっと息をつく。そしてどれくらいの時間が経っただろうか。

風の精霊がニーナの歌声を失いはじめて、そろそろもう一度歌っておこうかと思った時に、軍人特有の規則正しい大量の足音が響いた。

アルドの檻に背中を預け、膝を抱えていたニーナは、そのままの姿勢で扉に目をむけた。

「………何か？」

頑健そうな私兵の肩に乗って現れたグラーブを見あげ、小首を傾げる。彼の背後には、ニーナやアルドと同じ軍服を着た者たちが、ずらりと並んでいた。おそらく牢獄にいた人数を全員連れてきたのだろう。

「歌が聞こえたんだ。君か？」

「ええ」

あまり大きな声をださないでほしいと思いながら、こくりと頷くと、グラーブは「ほう」と呟き、目を輝かせた。

「すごいな。悪魔が眠っている」

「あの……あまり騒ぐと目を覚ましますよ？」

「構わないさ。わたしには《鋼の針《ブルーファ》》があるし、君もいる」

その《鋼の針《ブルーファ》》と《鋼の糸《ハイト》》の制御が、満月の悪魔にどこまで有効だかわからないからと、ニーナを見張りに置いて部屋からいなくなったくせに、いざ眠っている悪魔を見たら、ニーナがいれば完全に安全だと判断したらしい。

(現金な……)

「起きなさい。我が悪魔よ」

ニーナがぎょっとして立ちあがるのと、悪魔が目覚めたのはほぼ同時だった。

「ほう。悪魔が覚醒《かくせい》していると、より一層美しいな」

「審美眼は確かなようだね、人間。この拘束を解けば、もっと美しいものを見せてやるよ」

寝起きとは思えぬ、はっきりとした言葉を返した悪魔は、妖艶《ようえん》に微笑した。

「それとも不可思議な術について話してやろうか？　お前は賢そうだものね」

声は確かにアルドのものなのに、とろりと甘く響いた。ニーナですら、一瞬どうして声をかけられたのが自分ではないのだと妬心《としん》を感じたのだから、直接褒められたグラーブは、さぞかし自尊心をくすぐられたことだろう。

「わたしもお前のように、悪魔を宿らせたいんだ」

「ああいいよ。手伝ってやろう。この首輪を取っておくれ」

悪魔の申し出に、グラーブは愉快そうに目を細めた。

「無茶を言わんでおくれ。わたしはまだ死にたくない」

「しかし、人間は精霊使いですら媒介がないと異界の力を引きだせないだろう？　ましてただ人はまどろっこしい儀式が必要となる。わたしなら儀式はいらないよ。すでにこの男の身体が、この世界との媒介となって、わたしの力が具現化している。わかるかい？　わたしはお前の頭に手を置くだけで、お前と相性のいい悪魔をお前の中に呼びこめるんだ」

グラーブの目がわずかに動いた。ご自慢の頭脳が、忙しく働いているのだろう。

「壁際の檻の連中は、身体との相性が悪かったんだ。無理もない。人間にはどの悪魔とどの肉体が相性がいいかわからないからね」

いっそ慈悲深い口調で、同情するように告げられて、つられたようにグラーブが頷いた。

「そうなんだ。わからないから踏ん切りがつかない。それに、今まで築いてきたこの立場と金を失うのも惜しい。悪魔の力とこの地位があれば、どんなことでもできる。アルカマル帝国にこの国を差しだして、帝国の中枢にのしあがることも可能だ」

「業が深いね。そんな人間は大好きだよ」

くすりと悪魔が笑う。血の気のないグラーブの頬《ほお》に、ほんのりと赤みが差した。

疑い深いはずの男が、すがりつくように格子を握り、ぎらぎらと瞳を輝かせながら笑う。

「まずは部下の一人を悪魔憑きにしてもらおうか」

「ああいいよ。自分で納得してからのほうがいいだろうしね」

悪魔の眼差《まなざ》しが、声が、触手のようにグラーブの魂に絡みつく様が見えた気がして、ニーナは声を張りあげた。

「馬鹿《ばか》なことは考えないで！」

「馬鹿なこと？」

引きつったような笑顔のまま、グラーブがこちらを見た。

「強い肉体が欲しいと願うのが馬鹿なことかい？　誰もが普通に持っている健康が欲しいのは？　当たり前の人生を楽しみたい。そのために悪魔が必要なんだよ」

「すでに目的と手段が逆になっているのが自分でわからないの!?　どう見てもあなたの今の目

的は、『自分の健康のため』ではなく、『悪魔を完璧《かんぺき》に身体の中に封印するため』に変わっているじゃない！」

「変わっちゃいないさ。それに同じことだ」

「違うわよ！」

否定の言葉も通じた気がしない。言葉が噛《か》みあっていない。

説得の言葉を探すニーナを一瞥《いちべつ》して、グラーブは指を鳴らした。

グラーブに絶対の忠誠を誓った彼の私兵は、言葉として命じられる前に左右からニーナの身体を拘束し、大きな手の平でニーナの口をふさぐ。

もがくが、ニーナがあがいたところでどうこうなるほど、彼らの力は弱くない。

人前でグラーブに逆らうなと言われたことも忘れて、ニーナはポケットの精霊石を意識した。言葉を使うほうが具体的なイメージをしやすいぶん、精霊魔法が使いやすいが、なくても精霊の力を引きだすのは可能だった。だが、言葉を使うより集中力が必要となる。

（炎の精霊たちよ！）

自分を押さえつけている腕の横に、派手な炎を発生させようとニーナは集中した。だがその間に、グラーブは悪魔の首輪と、右手の拘束を取ってしまう。

ニーナが自由の身を取り戻すのと、悪魔がとても綺麗な笑みを浮かべたのは、ほとんど同時だった。

「大丈夫。約束は守ってあげるよ」

悪魔は格子の隙間から右手をだして、グラーブのさしだした部下の頭をつかんだ。


ゴパッ！


果汁の多い果物を、握り潰すような音がした。

飛び散った大量の赤は、石畳に刻まれた魔法陣を汚し、欠けさせる。瞬時にその赤は黒い炎に変わった。悪魔の足許が、ほんの一呼吸の間に溶け落ちる。地面のないその場所で、悪魔は平然と立ち続けた。

グラーブが悪魔にむかって何かを叫んでいる姿が見えた。だが、甲高い悲鳴が邪魔をして、何を言っているのかはわからなかった。

肺の中の空気がなくなって、息を吸いこむ必要ができて、はじめてそれが自分の悲鳴だったと気がつく。

突風よりももっと鋭い豪風が、ぽっかりと黒く開いた穴から吹きあげて、悪魔を囲っていた檻を吹き飛ばした。天井に当たって間延びした音を立てた檻は、『失敗作』の檻に当たって更に金属音を響かせる。

悪魔の手足にちぎれた鎖ごと残った枷《かせ》は、ほんの数十秒で何百年もの時が経過したように、ぼろぼろになって、黒い穴の中に落ちていった。枷と一緒に崩れ落ちたコートの裾や軍靴の下から、アルドの白い肌が見えていたが、みるみるうちに黒く染まり、鳥のかぎ爪《づめ》か、肉食のは虫類の手足を人の形に近づけたように硬化し、変化していく。

「約束が違うぞ！」

グラーブのわめき声が、ようやくニーナの耳に届いた。

「誰と約束したつもりなんだい？　このわたしを信じたなんて、見た目と同様に可愛いね」

これ見よがしに笑って、悪魔は天を仰ぐ。

「ああ、せっかくの月夜なのに、月が見えないじゃないか」

すっと、腕を伸ばした悪魔は、まるで手の届かない月を求めるように、指を広げた。

指の動きに従って、目に見えない力が地下の壁を、地上の壁を、床を、天井を粉砕する。

重たい音が響いたが、膨大な土煙も、大量の土砂も、地下には落ちてこなかった。もちろん人命を助けたためではないだろう。

悪魔が、月を見あげるのを邪魔しないためだ。

「ああ、今宵《こよい》の月も美しいな。わたしに相応《ふさわ》しい」

月光を浴びたアルドは、その姿をますます変化させていた。側頭部から渦巻き状に捻《ねじ》れた角も、蝙蝠《こうもり》のような皮膜を張った大きな翼も、すでに変化している手足も含め、一つ一つは醜いと表現していい異形なのに、ため息がでるほど魅了される。

絶望に近い恐怖と、恍惚《こうこつ》に近い羨望《せんぼう》を同時に覚えながら、完全に硬直していたニーナは、ビロードのような翼膜が広がる様子を前に、我に返った。

「駄目よ。翼を閉じて！」

悪魔の翼が閉じて、飛翔《ひしょう》しかけていた彼は、穴を飛び越えて石畳に足をついた。

冷ややかな琥珀色の視線がニーナを刺す。

「先に君と遊べとでも言うのかい？」

「あなたを外で思い切り遊ばせるわけにはいかないわ。アルドが傷つくもの」

「おや？　てっきり君がわたしを売ったから、あの首輪をつけられたのだと思ったのだけど、違ったかな？」

これ見よがしに動いた悪魔の目は、グラーブの私兵たちと、彼らと同じ軍服を着ているニーナの間をいき交う。

刺激される罪悪感を、ニーナは呑みこんだ。

「お互いに裏切りあって、利用しあったの。でも、わたしはもう、アルドを裏切らないわ」

「その時その時の刹那的《せつなてき》な正義感かい？　気持ちが楽になるように自分の行動を正当化しても、裏切った事実は変えられないよ」

「家族の命と、出会って数日の男を秤《はかり》にかけて、家族を取ったのよ！　悪かったわね自分勝手で！　それでも、たった数日のつきあいでも、一緒に暮らせば親愛の情が湧《わ》くし、裏切ったら

罪悪感は生まれるし、目の前で悪魔が暴れようとしていれば止めたくなるのよ！　傲慢《ごうまん》で致命的に気遣いが足りなくて、ナルシストで人の罪悪感とか同情心を盾にとって、年端もいかない小娘を好き勝手するような最低最悪な男だけど……」

止まらないアルドへの悪口に、裏切った自分の選択が正解で、このままアルドを見捨てても世間的に許されるような気がしてきて、少し口ごもる。

「ええと、まあ可愛げがないこともないから、助けたいのよ。わたしが寛大だから！」

半ばやけくそになって、手の平で自分の胸をたたくと、悪魔は楽しそうに口許を歪めた。

「開き直りかい？」

「これも事実だわ！　だいたいアルドがわたしに強引な手を使ったのだって、元からの性格の悪さのせいも絶対にあるけど、根幹にあるのはあなたを外にださないためだもの！」

アルドがわざとニーナに裏切られた理由は、グラーブの巨悪の証拠をつかむためだ。そして、満月下の悪魔の暴走を抑えるため。

あのプライドの高い男が、グラーブの用意した首輪をつけ、手足を拘束され、檻の中に入ってでも、どうしても悪魔を抑えたいと望んだのだ。

「少なくとも空に満月が浮かんでいる間は、絶対に地下室から外にでないでもらうわ」

力強いニーナの宣言に、悪魔の表情ががらりと変わった。胸一杯に息を吸いこむ姿は、はじめて悪魔と対峙《たいじ》した時に見たものだ。

ゴウッ！

紅蓮《ぐれん》の炎がニーナに襲いかかるが、あの時のような恐怖は感じなかった。今のニーナには、精霊石がある。

ニーナが特別な命令を下さなくても、精霊石の持ち主を守るために、精霊たちは空気を氷結させて、悪魔の炎にも耐えうる冷たい空気の壁を作りだした。真っ赤《まっか》な炎は霧状の氷に阻まれ、天井に大穴の開いた地下室から大量の水蒸気が外へと噴きだす。

視界が白一色に染まる。悪魔の姿が隠れたのと同時に、大きな布が風を孕《はら》むような音がして、ニーナは舌打ちした。

今のはたぶん、悪魔が羽ばたいた音だ。

「ああもう……捕まえにいかなきゃ」

「どこへ？」

突然後ろから話しかけられた。驚いて振り返ると、いつの間にそこにいたのか、屈強な部下たちに囲まれたグラーブがちょこんと座っている。

「…………………」

「君の側が一番安全だからね」

声もでないニーナの質問を察してくれたらしい。

「で、どこにいこうと言うんだい？」

「そうよ追いかけなきゃ！　これ以上悪魔にアルドの身体を悪用させられないわ！」

「おかしなことを言う。自分で悪魔をここに封じておいて」

覚えのないことを言われて、ぽかんとすると、再び上から炎が降ってきて、精霊たちの壁に阻まれる。

（あれ？　まだ部屋にいた……）

「ほらね。たぶん崩れた天井から逃げだそうとしたけど、無理だったんだよ。君が空に満月が浮かんでいる間は、地下室からでるなと命じたから」

「………余計なことを！」

炎では埒《らち》が明かないと思ったのか、悪魔本人がニーナの目の前に降り立った。おかしなことに、グラーブの部下たちがニーナを守る壁となり、一斉にサーベルを抜いた。

「止《や》めなさい！　悪魔相手じゃ敵《かな》わないわ！」

異形の手が無造作に横に払われると、触れてもいないのに巨漢二人の身体が宙に浮き、石畳に激突した。

「わかっているのなら、早く命じておくれ『この一晩は人間を傷つけるな』と」

悪魔の一撃で、複数の兵士が倒れ続ける。二十人近くいたはずの兵士たちはあっという間に半分になり、次々と戦闘不能に陥っていく。

「悪魔よ、この一晩は人間を傷つけないで」

グラーブに言われるまま、ニーナが命じた途端、悪魔は攻撃の手を休めた。反撃に移ろうとする兵士たちから逃れて、『失敗作』の檻の上へ跳ね、すさまじい目でこちらを睨《にら》んでいる。

「こんなところかな。やれやれ。また魔法陣を描いて、特別製の檻を用意しないと……」

目線だけで指示したグラーブに従って、数人の兵士たちが部屋をでていった。

「『一晩中』命令が持続するか、試したことはあるかい？」

「時間を区切れば、その間は命令が持続するなんて、言われてはじめて気づいたわ。精霊魔法と同じで、刹那的な命令しかできないと思っていたの」

馬鹿にされるかと思ったが、グラーブは笑わなかった。

「ふむ。精霊魔法は力だけこちらの世界に具現化するから、その性質上、術者が時間を区切った命令をしても持続はできないからね。意外と使い手のほうが気づかないのかもしれないな」

あまり頼りたくない相手だが、知識があるのは確かなようなので、ニーナは質問した。

「アルド自身が悪魔になっているようなものだから、命令の持続ができるってこと？」

「ああ。命令によるけどね。風は一定以上同じ場所に留まることはできないし、炎だっていつまでも燃えていられないけれど、人ならそこに留まれるだろう？　ただし、精霊たちより悪魔は我が強いから、本人に逆らうつもりがあれば、術者の制御を破ろうとする。満月は特に魔力が高まるから注意がいるね」

（そういえば、歌ってもすぐに眠らなかった）

　あれはニーナの命令に抵抗していたためなのだろう。

「檻の中の悪魔憑きたちも、首輪をつけているのはすぐに眠ったけど、つけてないのは時間がかかったわ」

「それは意思とは別物だ。単に悪魔の影響が薄いだけだよ」

　グラーブの解説を耳にしながら檻の上へ目をむければ、悪魔はまだニーナを睨んでいた。醜いけれど美しい翼は、荒れた呼吸にあわせてわずかに揺れている。

　視点を切り替えてみれば、精霊たちとは微妙に違う、透明な何かが膜のように悪魔を覆っているのがわかった――たぶん、ニーナの言葉に従った、悪魔自身の魔力だろう。

　彼が呼吸を繰り返すたびに、少しずつその膜が薄れているのがわかる。

「一晩どころか、そんなに持たないかもしれないわ」

「なら、同じ命令を繰り返すしかないね。《鋼の糸《ハイト》》があれば、もう少し君の負担を減らせるはずだけど……彼につけていたのは壊されたからなぁ」

「予備はないの？」

「『失敗作』を殺せばあるよ。《鋼の糸《ハイト》》をつけているやつは、アルド君ほどではないけれど、悪魔の力が強い。頑丈すぎて人の手では殺せないけれど、君の精霊魔法ならなんとかなるかも」

　悪魔のような囁《ささや》きに、ニーナは眉《まゆ》をひそめた。

「あの人たちから悪魔を落とせればそんな必要も……」

自分の言葉にはっとする。試していないことがまだあった。

「悪魔！」

呼びかければ、アルドの姿をした悪魔が、ゆっくりとまばたく。

ニーナの歌によって眠っていた『失敗作』たちも、いくつかは目を覚ましていて、彼らもこちらに注目した。

「取り憑いている人間の身体から離れて、自分がいるべき世界に戻りなさい！」

完璧だと思った命令だが、彼らは変化を見せなかった。

しんと静まりかえった広間の中、自分の安易な発言が恥ずかしいと思いはじめた頃《ころ》に、そっとグラーブがニーナの袖《そで》を引いた。

「わたしの儀式で人間の中に封印されているんだ。彼らの意思じゃどうにもならないよ」

無知を笑われたわけではないが、それでもほんのりニーナの頬が赤く染まった。なんとか気を取り直して質問する。

「あなたならその封印を外して、悪魔たちを人の身体から追いだせる？」

「わたしの研究は人間の身体を強化させるためのものだ。どうして逆の研究をする必要があるんだい？」

胸を張って堂々と不可能だと答えられてしまった。ここはグラーブに任せて、アルドごと悪魔を封じるしかないのだろうか。歌わずとも、眠れと命じれば、悪魔は眠るのだろうかと、考えるが、正解がわからない。

平素はニーナが添い寝すれば悪魔も目覚めぬまま朝を迎え、アルドはアルドのまま目覚めていたのだが、それと同じことは満月の夜も通用するのだろうか？

（わたしの命令の強制力が、どれだけ続くかなのよね……ああ、風の精霊に手伝ってもらえば、ずっとわたしの歌を聴かせられるわ）

一度は満月の悪魔を眠らせた安心感もあって、歌おうと決めたニーナの耳に、何やら熟考していたらしい悪魔の呟きが耳に入る。

「意思のない、純然たる力の塊なら、精霊使いの命令も効かないのかな？」

こちらのことをじっと見ていたのだから、たぶん会話も聞いていたのだろう。

檻の上の悪魔と目があって、言葉にしがたい悪寒が走る。

――危険。

理由なんて知らない。ただ、直感した。歌なんて、悠長に歌っている場合じゃない。

「眠りなさい！」

刹那、悪魔は目を閉じた。

自分の愚に気づいたニーナは、『一晩中』を加えて言い直そうとするが、それよりも悪魔が口を開くほうが早かった。

「同胞たちよ。わたしに力を預けておくれ」

拳《こぶし》を一つ作れる程度の空間をあけて、悪魔が両手をあわせたと思った瞬間、そこに小さな黒い球体が生まれた。

中に浮かんだ真っ黒な球体が、ニーナにむかってほうり投げられる。何かあれば精霊たちが守ってくれるはずだが、よくないものが近づいた感覚に負けて、悪魔に命令することよりも、その場から逃げることを優先させてしまった。もちろん、すぐ側にいたグラーブたちもついてきたが、構っていられない。

「あれ？」

球体はニーナにぶつからず、地面にもついていない。ぷかりと空中に浮かんでいる。気がつけば、そこにいるすべての悪魔憑きたちが同じものに注目していた。《鋼の糸《ハイト》》により自分の意思を封じられている者も含め、例外はない。彼らは一斉に息を吸いこんだ。

咆哮《ほうこう》。

鼓膜が破れそうなほどの、獣のような悪魔の声に、ありとあらゆるものがびりびりと震えた。音が重なり、空気が歪む。崩れた天井からのぞく満月が、ひどく不吉なものに見えた。

耳をふさぎ、ここから逃げだしたいと望みながら、ニーナは必死で叫んだ。

「悪魔たちよ、一晩中眠りなさい！」

首輪をつけていた悪魔たちは、ニーナの命令にすぐさま従った。アルドの姿をした悪魔も檻の上で倒れるようにして眠ったようだ。だが、首輪のない悪魔たちは、ニーナの命令を無視して吠《ほ》え続け……檻の中でどろりとその身を崩した。

「寿命……には早いね。定着していない悪魔の魔力を強制的に放出させられて、人間の肉体が負けたってところか」

正気を手放したら危険だと、ニーナの本能が理解していたのかもしれない。冷静なグラーブの声を耳にして、なんとか悲鳴を呑みこむが、息が荒くなるのは止められなかった。

黒く崩れた、かつて人であったものが、黒い球体の下に集まる。

見えない手で支えられていた球体が、ふいに地面に落ちて、それに呑みこまれた瞬間——

月光を受けた黒い何かが、ぼこりと動いた。

水泡のようにぼこぼこと突きでた黒は、水平には戻らずに、どんどんその嵩《かさ》を増してふくれあがり、人の形になる。しかしその顔には目はなかったし、鼻の穴も口もなかった。だが頭には角があり、背中には翼が生えている。髪形といい、衣服といい、輪郭だけがそこにあった。まるで悪魔となったアルドの影を立体化させたようだ。

形ができあがった影が、ゆっくりとこちらをむいた。もちろん、彼には目がないので、誰に意識をむけているのか不明だが、グラーブの護衛として残っている、少数の兵士たちでないことは確実である。

「どっちを見ているんだろう」

じりじりと足を動かしながら呟くと、ニーナの動きにぴたりとついて、グラーブが答えた。

「彼の一番の脅威はお嬢さんだね」

「恨みの対象はグラーブよね。というか、ついてこないでよ。味方じゃあるまいし」

「そのコートを着ている限り、君はわたしの部下だよ。家族の命を握られていることを忘れたのかい？」

（『人目があるうちは絶対にグラーブに逆らうな』……か）

ちらりと動いたニーナの目は、グラーブではなくて、彼に絶対の忠誠を誓う兵士たちを映していた。

「恐ろしい娘だな。ここにいる我々を皆殺しにするつもりか！」

「まだそこまで考えてないし、そもそもあなたに言われたくないわ！」

すっと、影が息を吸った。口がないので、当然吸う仕草だけだが、それでも次に何がくるのかはなんとなくわかる。


ゴウッ！


襲いかかってくる炎を、周囲の精霊たちが自ら食い止めた。大量の水蒸気が周囲に満ちる。

（さっきと同じ行動パターンだと、次は……）

空気を打つような羽音を立てて、悪魔の影がニーナたちの前に立った。

グラーブを守るべく、兵士たちがニーナの前でサーベルを抜く。

「ここにいる間は、人間を傷つけないで！」

今度は誰も傷つけられぬうちに、悪魔の影に命令ができたと思ったのだが、その直後に大量の鮮血が前方に散った。

何があったのかよくわからない。がくがく震えたニーナは、グラーブに引かれるまま後退した。彼の兵士が前へ進む。倒れる。

「き、傷つけちゃ駄目よ！」

「無駄だよ。あれは悪魔ではなく、たぶん悪魔の力そのものだから」

ニーナを守るようにというよりは、盾にするように引っ張りながら、グラーブが冷静に言葉を紡いだ。

「お嬢さんは精霊を操るし、たぶん悪魔も似たような力を使えるが、悪魔の火を、お嬢さんは自在に操れないだろう？　たぶんそういうことだよ。魔力の塊と言い換えればわかるかい？あれは悪魔たちの放った魔術の集合体だ」

「魔術の集合体？　アルドの姿っぽいんだけど」

「基礎はアルド君に封印した悪魔の魔術だろうね。力を預けてくれと、ここにいた悪魔たちに声をかけたのをお嬢さんも聞いただろう？　さすがに彼一人では、あれを作るのに魔力が足りなかったんじゃないかな」

グラーブが自分の分析を口にしている間に、兵士の剣が運良く影の腕を掠《かす》めた。切り口から黒い霧のような物が一瞬だけ散ったが、すぐにまた何もなかったように腕の中に収まって、反撃された兵士は倒れる。

どうすればいいのかわからないまま、ニーナは精霊石を両手で握り続けた。

ニーナの意思ではなく、本能が結論をだした。

握った拳の周囲に、ニーナにしか見えない光が輝く。

頭上に集まった炎の精霊が大きな火の玉となり、隕石《いんせき》のように影に突撃するが――

パァンッ！

悪魔の影は、腕を一閃《いっせん》させるだけでそれを粉々に砕いてしまった。

霧雨のように火の粉が飛び散り、凄惨《せいさん》な地下室の様子が、赤く網膜に焼きつく。

恐い。

ようやく自覚した感情に、ニーナの歯がかちかちと音を立てた。グラーブの小さな手がニーナを後退させ、無意識に放った精霊魔法が悪魔の影を攻撃するが、ことごとく防がれる。

「ちっ」

グラーブの舌打ちと、ガシャンと響いた金属音に、背中に檻の感触を覚えるまでもなく、状況を悟った。

（逃げ道が……）

グラーブが走った。並んだ檻にそって走る背中を見て、見捨てられたと思う。後を追うにも、足が動かなかった。

悪魔の影はグラーブではなく、ニーナを始末することを選んだらしい。

「だれか……」

震える声が助けを求めようとする。でも助けてくれる人間なんて、ここにはいない。頼みの綱だったグラーブは逃げだしてしまった。

「誰かっ！」

諦《あきら》めきれずに強く叫んだ拍子に、思いだした言葉がある。

――『誰か』ではなくて、『アルド、助けて』です。あなたの命令なら、きっと俺に届きます。

アルドは悪魔に乗っ取られている。その悪魔はニーナが眠らせてしまった。たとえアルドの名を呼んでも、彼には届かないだろう。

わかっていたけれど、ニーナは口を開いた。

しかし実際に言葉を紡ぐ前に、視界いっぱいに紅蓮の炎が広がる。

「――っ！」

助けを求めることもできずに、声にならない悲鳴をあげて……一拍を置いて、その炎がニーナを傷つけていないことに気づいた。

悪魔の黒い影が、バターのようにどろりと溶けたのを、信じられない思いで眺めた。溶けた黒い影は消滅したわけでも、力を失ったわけでもなく、再びぼこぼことふくらみだしている。

逃げなければと思う一方、聞こえた羽音に空を仰いだ。

『『誰か』ではなくて、『アルド、助けて』だと言ったでしょう。頭《オツム》が弱いようだから、もう一度教えてさしあげましょうか？』

「アルド！」

白い軍服を身につけて、異形の角と翼と手足を持った背中がニーナの目の前に降り立った途端、ニーナは迷うことなく彼に抱きついた。憎まれ口すら、今は愛しい。

「…………アルドだぁ」

長い、長いため息が、ニーナの唇からもれた。安堵《あんど》の涙まで浮かんできて、慌てて我慢する。たぶん、一度流してしまえば止まらない。

「反応が、違う気がするのですが……」

中途半端に黒く変わった両手を浮かせたまま、おそるおそる告げたアルドに、抱きついたままのニーナが首を傾げた。

「反応？」

「悪魔に身体を支配されていても、何が起きたかは知っているんですよ。なのにどうして悪魔に抱きつけるんですか？」

「悪魔に抱きつくなんて恐くてできないわよ！　あいつはことあるごとに、わたしを殺そうとしてるのよ⁉」

猛然と反論したニーナを前に、アルドがゆっくりとまばたいた。どうやら戸惑っているようだ。短いような、長いような沈黙を挟んで、彼は名を呼んだ。

「ニーナ」

「なに？」

「俺の名前を呼んでもらえますか？」

よくわからない要望に、裏の意味を探るが、やはり何を考えているのかわからない。

「アルド？」

「……もう一度」

「アルド」

なんとなく、泣きそうになっているように見えて、もう一度名を囁く。

「アルド」

「ニーナ」

名を呼んでほしいと乞《こ》われたのはニーナのはずなのに、思いのほか甘く響いた自分の名に、今度はこちらが同じ願いを口にしそうになる。

（なんだろう。お互いに名前を言って、それを聞いただけなのに、なんか……きゅっとする）

アルドの琥珀色の瞳と、ニーナの薄緑色の瞳が、互いの目の中に映っていた。

降りかかる呼気に、唇が疼《うず》く。

あと一歩、互いに何かを口にすれば、何かが変わるような気がした。

わかるようでわからない胸の中の熱を、高鳴る鼓動の理由をニーナが知ったのは、その直後。


――復活した悪魔の影が、アルドの背後から襲いかかってきた時だった。


（危機感！　わたしの本能がこの危機を察知していたのね！）

瞬時にアルドの腕に抱えられ、彼と共に檻の上へと移動したニーナが、どきどきとうるさい胸に手をあてて、深く納得する。その隣では、アルドが紅蓮の炎を吹いて、再び悪魔の影の形を崩していた。

石畳が炭化するのではないかと思うほど、念入りに焼かれた悪魔の影は、アルドが炎を収めた途端にぼこぼこと活性化する。

「悪魔の魔術に、悪魔の魔術で対抗しても無駄みたいですね」

「炎は吹けたのに、あれの動きは止められないの？」

「身体の動かし方はなんとなくわかっても、複雑な魔術まではわかりません。そもそも悪魔の身体――満月の夜の自分の身体を動かしたのは、はじめてなんですよ」

「……やっぱりそれって、わたしが悪魔を眠らせたからかしらね？」

「たぶん。『一晩中』の命令ですが、そこまでは保たないと思うので、早いところ家に帰って、ニーナの子守唄を聴いたほうがよさそうです」

ひどく不機嫌そうなアルドの隣で、悪魔の影を見下ろしたニーナは、彼に精霊石を見せた。

「わたしがやってみる。あの状態なら反撃できないだろうし」

「凍らせてください。固めれば砕けるかもしれません」

「わかった」

両手で精霊石を握り、ニーナにしか見えない光をまとわせながら、命じる。

「精霊たちよ、あの悪魔の影を凍らせて」

空気も結晶化するほど急激に下がった気温は、ぼこぼこと動いていた悪魔の影を無事に凍らせた。だが、動きは止めても、影自体を消滅させたわけではない。

合図をするまでもなく、アルドが石畳に降り立った。

無言で振り下ろされた足に、白い亀裂《きれつ》を奔《はし》らせた悪魔の影は、続いた二撃、三撃目を受けてその姿を崩し、砕けた。

細かな氷の粒が、きらきらと月光を反射させながらその場に広がって、かき消える。

しつこく再生していたわりに、その最期は呆気《あっけ》ない。まるで何もなかったかのように消滅してしまった。残された痕跡《こんせき》といえば、アルドの炎で真っ黒になり、粉々になった石畳くらいだ。

注意深く周囲を見渡したアルドは、檻の上のニーナを振り仰いだ。

「もう大丈夫みたいですよ」

「よかった」

両手を広げられたので、微笑《ほほえ》んだニーナは迷わずに足許の檻を蹴《け》った。床までかなりの高さがあったけれど、よろけることなく異形の手がニーナの身体を受け止める。

黒く鋭いその爪が、ニーナの肌を傷つけることもない。

「……少しは怯《おび》えるべきじゃないですか？　いつ悪魔の意識が戻るかわからないんですよ」

亀裂の入った石畳の上に、そっと下ろされたニーナは、奇妙な忠告に首を傾げた。

「警戒しろじゃなくて、怯えろなの？　恐がってほしいわけ？　目の前にいるのがアルドだって、わたしにはわかっているのに？」

まっすぐに見あげてくるニーナの視線から逃れるように、アルドは顔をそらした。秀麗な顔がわずかに歪んだのを見て、彼の目線の先に何があるのか悟る。

あちらこちらが崩れ、壊れ、人が倒れた地下の広場と、そしていくつかが空っぽになった檻と、ニーナの命令で眠っている『失敗作』たち。アルドの中の悪魔の意識は、まだ眠ったままなのだろう。だが、消えたわけではない。

（ああ、そっか……）

――悪魔を恐がっているのは、アルドのほうだ。

逃げたくて、逃げられないアルドと違って、ニーナは逃げることができる。それなのに逃げださないから、アルドはニーナの態度に戸惑っているのだろう。むしろアルドのほうがニーナから逃げだしそうだと思ったから、ニーナはわずかな距離を詰めた。

「悪魔は恐いけど、アルドは恐くないよ」

「俺が……悪魔が何をやったか見たでしょう？」

「うん」

見たから、否定はしなかった。『悪魔がやったことだから、アルドには関係ない』と言ってあげたかったけれど、そう簡単に割り切れれば、アルドはこんなに傷ついた顔をしないだろう。どう言えばいいのだろう。どうすれば、アルドは救われるのだろうと考えながら、美しくて醜い異形の姿に寄りそう。

アルドはニーナを拒絶しなかったけれど、その手はニーナに触れなかった。宙に浮いたままの黒い手に目をやったニーナは、その視線を琥珀色の双眸に移す。

「わたしはアルドだったら、『ひどいこと』をされても、逃げないと思うわよ？」

見つめる。

ゆっくりと、アルドがまばたいた。

醜く変わった指先が、何かを確かめるようにニーナの髪をほどき、華奢な背中に勢いよく落ちた髪を、慎重に梳《す》いた。

軽くニーナの頭皮に触れた黒い指は、いつもベッドの上で感じるものより硬くて、少し冷たい。同じ指に頬をなでられて、頤《おとがい》を持ちあげられる。

前言どおり逃げなかったニーナは、近づいてきた唇を自ら軽くついばんで、アルドの望むまま受け入れた。

「ね？」

離れた唇を追いかけるように顔をあげて、にっこりと笑うと、ふいをつかれたようにアルドが赤面したが、すぐさま彼は月を見あげてしまったので、もしかしたら見間違いかもしれない。

「悪魔が目を覚ます前に帰りますよ」

ニーナを横抱きにして、大きく翼を広げたアルドを、慌てて止める。

「グラーブが逃げちゃったのよ。わたしの家族が人質に取られたままだから、帰れないわ」

「クロエが一個小隊ごとマタルに滞在しています。ここは総督府の敷地内だし、かなり大きな音を立てましたから、今頃は適当な理由をつけて、無理矢理敷地内に入っていると思いますよ。さすがに中央治安部隊の目の前で、適当な処刑はできないでしょうから、あなたの家族のことはサミアに任せてください」

「準備がいい……ああ、色々と準備してたんだっけ」

自然、ニーナの声と視線が冷たくなった。

「あらゆる可能性に備えておいてよかったですよ。本当だったらクロエの出番は、ニーナがサミアに証拠品を渡した後だったんですけど」

悪びれることなく、しれっと真実を言うアルドはいつものアルドで、やっぱり先ほど見た赤面は、気のせいだったのかもしれないと思う。

「わたしにも心の準備をさせてくれればよかったのに」

「事前に話を聞いていたら、グラーブに脅された時に緊迫感がでないでしょう？」

「カプンスを作りに戻った時に言えたでしょう⁉　それに、あなたの助けになりたいって申し出た時の拒絶の仕方にも、すっごく傷ついたのよ！」

アルドの性格と口が悪いのは元からだが、あの時の彼は確実にニーナを傷つけようとしていた。ニーナが裏切りやすいように計画したとしても、あそこまで言わなくてもいいはずだ。

「どうやっても満月の姿を見られると思ったので」

「………？」

よくわからない答えに、小首を傾げて続く言葉を待つと、顔をそむけたアルドが続けた。

「嫌われる前に嫌われておこうかと……」

「…………つまりは、わたしのこと信じてなかったんじゃない！」

むっと頬をふくらませて、ニーナはアルドに抱えられた状態のままそっぽをむいた。

「やっぱりわたし、アルドが嫌いだわ」

「初志貫徹で本望ですよ」

不毛な会話を打ち切るように、アルドが羽ばたいた。

何事もなかったようにされるのが悔しくて、身体を支えるためにアルドの首に抱きつくふりをして、唇の端にキスをしてやる。

ぎょっとしたように翼の動きを止めたアルドは、飛び立つ直前の体勢を崩して尻餅《しりもち》をついた。当然、彼に抱えられていたニーナも道連れとなったが、こちらの被害は大きく揺れたくらいで、みっともなく尻餅をついた精神的なダメージもない。

「…………」

無言で睨みつけてきたアルドに、ニーナはふんと鼻を鳴らした。

「わたしのために傷ついて、泣けばいいのよ」

誰かさんから言われた台詞をそのまま返すと、数秒間の沈黙を置いて、互いの仏頂面が崩れた。「いつか、そのうちに」と、くすくすと笑いながら囁いて、ニーナを抱え直したアルドは、異形の姿を月光にさらしながら、ウズンを目指して力強く羽ばたいた。

終　鋭い日の光が世界に満ちる

ニーナの歌によって一晩眠ったアルドが目を覚ました時、もう角も翼もなくなっていた。手足もいつものアルドに戻っている。

家に持ち帰った証拠の品を、サミアの側近に渡して、ニーナの役割は終わった。満ちていた月が欠けていき、グラーブが中央治安軍の調査を受けて、失脚したという噂《うわさ》がウズンにも届いた頃《ころ》、派手な衣服を着た男が、男装の女性と共に訪れて、玄関の扉を騒がしくたたいた。

「いっそがしくて泣くかと思ったぜ！　まあまだ忙しいんだけどよぉ。俺が目を通さなきゃいけない部分は目を通したから、部下に回してきた」

「右に同じく。有能な上司の条件は、部下に仕事を任せる度量を持つことだよね」

人の家に押しかけてくるなり、飯を食わせろと盗賊のように注文するラムス総督の元副官と、中央治安軍の現役少尉の騒がしさは、要求どおりにたっぷりとした食事を用意してやっても衰えなかった。

「勘弁してほしいよなぁ。わりと総督の仕事を代行してたはずなのに、次々と俺《おれ》の知らねえことがでてくるんだもんよ。痛い腹と痛くねえ腹を両方さぐられて、証拠をだせ、書類を書け、証人はいるのかと質問攻めで、いっそ無実の証拠を偽造してやろうかと思ったぜ」

「仕事は仕事だろうが。事前に約束した箇所は知らんぷりしてやったろ？　でもせっかく正体がわかっているんだから、ちょっとサミアとしての尻尾《しっぽ》をつかめないかなぁとか、あたしが可《か》愛《わい》い出世欲だしても仕方ないじゃないか」

　愚痴や嫌味のついでに、司法取引の内容まで話しはじめそうな二人をなだめながら、食後のお茶に、さりげなく鎮静効果のある香草を用意したニーナは、うるさい二人と、額に青筋を浮かべてむかいあっているアルドがそれぞれ落ち着いた頃を見計らって、ぼそりと呟《つぶや》いた。

「どうせなら、二人別々に報告しにくればよかったのに……」

「馬鹿野郎！　抜け駆けされて親友を軍属の犬にさせられたらどうするんだよ！」

「ただでさえグレーゾーンなのに、これ以上幼なじみが裏社会に染まったら、実家のお隣から呪《のろ》いを受けちゃうよ！」

　つまりは自分の組織にアルドを引きこもうとする二人が、互いに抜け駆けを封じるために、同日に訪れたらしい。

（迷惑）

　うるさい二人の前でリング状に焼いたフルーツケーキを切り分けて、口を咀嚼《そしゃく》に使わせることに成功すると、ニーナはようやくアルドと会話する時間を得た。

「横流し予定のグラーブの資料に、有力な情報があればいいわね」

希望の光を消さないように告げた言葉なのに、サミアが身を乗りだしてくる。

「満月の悪魔化は、精霊石とお嬢ちゃんの歌で解決したし、いっそもうそのままでいいじゃんか。国と違って、俺たちは悪魔だろうがそのまま受け入れるぜ」

「アルドが望んでいるのは、人として生きることだよ。それがわかんないなら豚箱で人生を考え直したらどうだい？」

サミアの言い分も、クロエの言い分も今更よねと思いながら、ケーキの中に入れたナッツやドライフルーツの素朴な味わいを楽しんでいるうちに、どうやら火花の散りそうな睨《にら》みあいは終わったらしい。

さっくりとしたケーキの表面といい、内側のふわっとした焼き加減といい、隠し味に入れた蜂蜜《はちみつ》のほのかな香りと甘い後味も含め、なかなか上手にできたと思うので、味わってもらえるのなら素直に嬉《うれ》しい。

「そういえば、みんな元気かしら？」

ほのぼのとした会話がしたくてサミアに水をむければ、心得た彼は大げさなほどに頷《うなず》いてくれた。

「ああ。元盗賊団なだけあって、なかなかいい働きをしてくれてるぜ。子飼いの間諜《かんちょう》が、どっかの誰《だれ》かさんのせいでしばらく使えなくなったから、新顔は本当に助かる。親父《おやじ》さんたちになんか伝言があれば聞いておくぜ？」

「……何か機会があった時に、元気だとだけ伝えてくれればそれでいいわ」

「俺としちゃ、お嬢ちゃんも………睨むなアルド。わかってるから！　口説いたわけじゃなくて、単なる個人的な希望だから！」

「ア、アルドが女の子に執着してるっ！　なまじ外見だけは性格と反比例しているせいで、絶対にまともな恋愛できないまま年を取って、気がついた時には孤独死していると思っていたのに……人って変われるんだなぁ」

　感極まって泣いているふりをしているクロエに、こんな時ばかり楽しそうな笑顔でサミアが頷いた。

「ああ、わかるわかる。『恋愛なんてこんなもの』的に、自分は理性で生きているんだとか、人と人との交流能力が不足した人間の常套句《じょうとうく》を盾にして、適当なつきあいだけ繰り返して、結局一人で死んでいく男だと俺も思ってた」

「二人ともうるさいですよ！　特にクロエ！」

（自業自得よね……）

　お茶のおかわりをそそいで回りながら、楽しそうに口喧嘩《くちげんか》をしている三人を密《ひそ》かに愛《め》でていると、口許《くちもと》に笑いの残滓《ざんし》を残したサミアが、そっとニーナの手を握った。

「本当に、家族の側《そば》にいたいとか、もっと稼ぎたいとか希望があれば、いつでも対応するぜ」

「俺の枕《まくら》に手をださないでください」

すかさずニーナの手をサミアから取り戻したアルドが、細い肩を抱き寄せると、とことんアルドをからかいたいらしいクロエが、ニーナにむかって片目を閉じる。

「可愛い枕だよね」

「枕じゃありません！」

反射的にクロエの言葉を否定してしまったアルドに、ここぞとばかりにクロエとサミアがにやついてきた。

「そうだよね。ニーナちゃんは可愛い女の子だもんねー」

「まさか悪魔が取り憑《つ》いてから人間味が増すとは思わなかったよなー」

揚げ足を取って子供のようにはしゃいでいる二人に、アルドの額の青筋が脈打った。

「わかりました。強制的に俺の家から追いだされたいのなら、そうしましょう」

がたりとアルドが立ちあがり、サミアとクロエも椅子《いす》を蹴飛《けと》ばすようにして席を立つ。

さして広くもない部屋ではじまった大人《おとな》げない鬼ごっこを横目に、この中で唯一の十代であるニーナは、のんびりとティーカップを傾けた。

(別にいいけどね、悪魔の枕でも……)

誰にも言わないつもりの呟きを胸に、ひっそりと微笑する。

眠れない悪魔に穏やかな眠りを約束できるのは、ニーナだけなのだ。

あとがき

お久しぶりです。もしくははじめまして、瑞山《みずやま》いつきです。

このたびは『眠れない悪魔と鳥籠の歌姫』をお手に取っていただき、ありがとうございました。無国籍ファンタジーを書くことは多いのだけれど、正当派な美形がヒーローな話を書くのは、久しぶりな気がします（笑）

ヒーローの美形度は、文章以上にイラストで表れているかと思います。カズキヨネ様ありがとうございました。悪魔化したアルドへのこだわりと、クロエの胸への主張、本当に作者冥利《みょうり》につきました。ニーナのドレス姿も可愛くて嬉しかったです。

担当様をはじめ、出版にまつわる方々もありがとうございました。ご迷惑をおかけして、本当に本当に申し訳ありませんでした。

最後になりましたが、この本を読んでくださった読者様もありがとうございました。どうか楽しんでいただけますように。

瑞山いつき

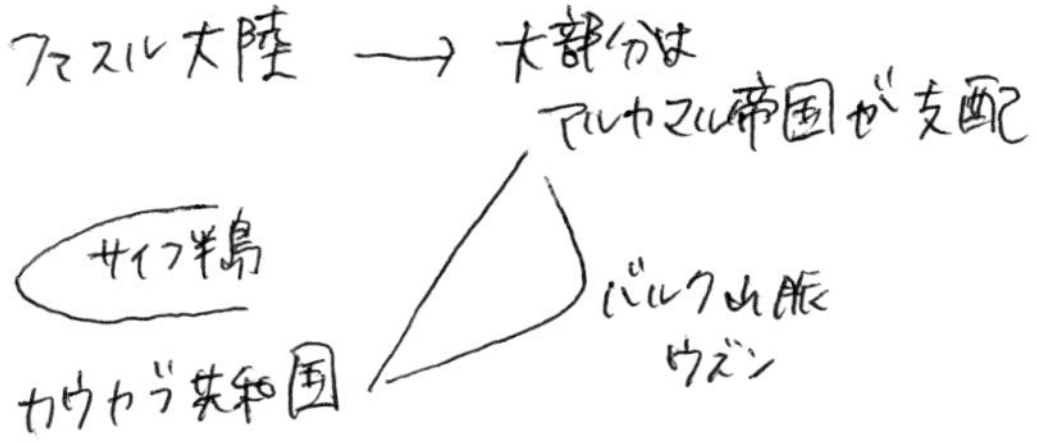
ファスル大陸 → 大部分は
アルカマル帝国が支配
サイフ半島
カウカブ共和国
バルク山脈
ウズン

⑦ 血液製剤到着、

↓ 看護師が血液製剤を診療部（病棟）で受け取り、

⑧ 交差適合試験実施

↓ 大阪血清検査技師が実施する

⑨ 血液製剤払出し

↓ 輸血伝票(輸血依頼票兼交差適合試験報告書)を

大阪血清検査技師、看護師の医療従事者2名で確

⑩ 輸血実施

↓ 輸血開始後の観察・記録

⑪ 輸血終了

↓ 副作用の有無の確認・記録

⑫ 製剤返却 ※輸血伝票（輸血依頼票兼交差適合試

使用済み血液製剤は大阪血清検査室保冷庫に返却

血液製剤が不要になった場合には速やかに大阪血

一迅社文庫アイリス

眠《ねむ》れない悪魔《あくま》と鳥籠《とりかご》の歌姫《うたひめ》

2012年4月1日　初版発行
2012年4月20日　2刷発行

著　者■瑞山いつき

発行者■杉野庸介

発行所■株式会社一迅社
〒160-0022
東京都新宿区新宿2-5-10
成信ビル8F
電話03-5312-7432（編集）
電話03-5312-6150（営業）

印刷所・製本■大日本印刷株式会社

ＤＴＰ■株式会社三協美術

装　幀■今村奈緒美

落丁・乱丁本は株式会社一迅社販売課までお送りください。送料小社負担にてお取替えいたします。定価はカバーに表示してあります。
本書のコピー、スキャン、デジタル化などの無断複製は、著作権法上の例外を除き禁じられています。本書を代行業者などの第三者に依頼してスキャンやデジタル化をすることは、個人や家庭内の利用に限るものであっても著作権法上認められておりません。

ISBN978-4-7580-4313-7
©瑞山いつき／一迅社2012　Printed in JAPAN

●この作品はフィクションです。実際の人物・団体・事件などには関係ありません。

この本を読んでのご意見
ご感想などをお寄せください。

おたよりの宛て先

〒160-0022
東京都新宿区新宿2-5-10
成信ビル8F
株式会社一迅社　ノベル編集部
瑞山《みずやま》いつき 先生・カズキヨネ 先生

一迅社文庫アイリス

New-Generation アイリス少女小説大賞

作品募集のお知らせ

一迅社文庫アイリスは、10代中心の少女に向けたエンターテイメント作品を募集します。
ファンタジー、時代風小説、ミステリー、SF、百合など、
皆様からの新しい感性と意欲に溢れた作品をお待ちしています!

応募要項

応募資格 年齢・性別・プロアマ不問。作品は未発表のものに限ります。

表彰・賞金
金賞 賞金100万円+受賞作刊行
銀賞 賞金20万円+受賞作刊行
銅賞 賞金5万円+担当編集付き

選考 プロの作家と一迅社文庫編集部が作品を審査します。

応募規定
・A4用紙タテ組の42字×34行の書式で、70枚以上115枚以内
(400字詰原稿用紙換算で、250枚以上400枚以内)。
・応募の際には原稿用紙のほか、必ず ①作品タイトル ②作品ジャンル(ファンタジー、百合など) ③作品テーマ ④郵便番号・住所 ⑤氏名 ⑥ペンネーム ⑦電話番号 ⑧年齢 ⑨職業(学年) ⑩作歴(投稿歴・受賞歴) ⑪メールアドレス(所持している方に限り) ⑫あらすじ(800文字程度) を明記した別紙を同封してください。
※あらすじは、登場人物や作品の内容がネタバレも含めて最後までわかるように書いてください。
※作品タイトル、氏名、ペンネームには、必ずふりがなを付けてください。

権利他 金賞・銀賞作品は一迅社より刊行します。
その作品の出版権・上映権・上演権・映像権などの諸権利はすべて一迅社に帰属し、出版に際しては当社規定の印税、または原稿使用料をお支払いします。

New-Generationアイリス少女小説大賞締め切り

2012年8月31日(当日消印有効)

※すでに「第4回一迅社文庫大賞アイリス部門」にご応募頂いた作品は、今回リニューアルされた「New-Generationアイリス少女小説大賞」へ自動的に移行いたします。

原稿送付宛先 〒160-0022 東京都新宿区新宿2-5-10 成信ビル8F
株式会社一迅社　ノベル編集部「New-Generationアイリス少女小説大賞」係

※応募原稿は返却致しません。必要な方は、コピーを取ってからご応募ください　※他社との二重応募は不可とします。
※選考に関するお問い合わせ・ご質問には一切応じかねます。　※受賞作品については、小社発行物・媒体にて発表いたします。
※応募の際に頂いた名前や住所などの個人情報は、この募集に関する用途以外では使用致しません。

◆ 本大賞について、詳細などは随時小社サイトや文庫新刊にて告知していきます。◆